Las guerras perdidas

Sudaquia
editores
New York, NY.

Las guerras perdidas

Oswaldo Estrada

Sudaquia Editores.
New York, NY.

Índice

Prefacio   15

El juicio final   19

La otra vocación   27

Señales de vida   33

Las azules horas   41

El reino de la verdad   49

Leche negra   55

Los trapos sucios   63

Vivir la muerte   71

Segundas nupcias   79

Pena de muerte   87

Cuchara de palo   95

Sunday Market   103

La patria perdida   111

Sirenas de tierra   119

Nota del autor   125

Para Elena Alegría,
incansable guerrera
desde el primer día

La vida trabaja en la muerte
con una convicción admirable.
¡Qué ejércitos, qué legiones,
qué rebaños combatiendo y pastando
en ese campo de hielo y silencio!

~Blanca Varela

Prefacio

Conoces tan bien este sueño y aún no sabes orientarte cuando vuelves a él.

La ropa está sucia o no aparece. Es tarde otra vez. Das vueltas en un cuarto frío sin saber qué hacer.

—Mire bien estas calles, te dice el taxista de camino al aeropuerto. Los rostros de esta gente. Los edificios llenos de polvo. Los perros. Los triciclos que esquivan la muerte.

El viejo huye en su carcocha amarilla hacia otras vocaciones, lejos del mal. Hay en sus asientos raídos señales de vida, azules horas olvidadas por hombres y mujeres que ya no están.

El tráfico no avanza. Hay piedras en la carretera. Un incendio. Hombres y mujeres que marchan con pancartas. Colas interminables para recibir alimentos. Una predicadora. Y albañiles que juegan con la arena.

—Dicen que allá es distinto. Llueve mucho. Y nieva.

A veces llegas a la puerta de embarque. Evadiendo soldados, tanques, metralletas. O cuchillos y cucharas de palo. Pero te falta un zapato. Has olvidado el pasaporte. Se te encoge una pierna.

Con el apuro no has tenido tiempo de darte la vuelta y despedirte de los tuyos desde las escaleras de metal. Pero estás a salvo del mundo allá afuera.

Viajas con una muchacha de uniforme. Junto a una mujer que se quiere casar. Al lado de un campesino que cuenta los días para llegar a la cosecha.

Encienden los motores y sientes lo que sería volar. La emoción del despegue, los baches en el aire, las turbulencias.

Es un día triste como cualquier otro. De garúas y gaviotas que no vuelan.

En unas horas estarás al otro lado, escuchando nuevas voces. Tienes tiempo de reírte con los ojos cerrados. Y llorar. Por la patria perdida. Por ellos y ellas. Las sirenas que llevan mucho tiempo en la tierra.

—Acuérdese de nosotros, te implora el taxista.

Y en sus manos aferradas al volante descubres el temor de quedarte en su lugar. A un lado de la carretera. Con la angustia palpitante de aquellos que han perdido la guerra.

El juicio final

Increíble verlo así, plumoso y derrotado, sin ganas de insistir en su inocencia. Después de haber negado dos matanzas, el secuestro de altos funcionarios y la tortura de jóvenes y niños de ocho y nueve años, el viejo dictador escuchaba en silencio sus crímenes como si estuviera más allá del tiempo. Casi sonriente, con un leve gesto despectivo, dejaba que las acusaciones se deslizaran por su nariz diminuta como los anteojos de metal que siempre le habían quedado inmensos.

La sentencia de cadena perpetua lo traspasó en su mecedora como si fuera él quien tuviera que cumplir esa condena. Y más al contemplarlo con los pelos alborotados y el aspecto confuso de un paciente recién ingresado a un centro psiquiátrico. Ya no le importaba quedar bien con los que habían salido a las calles a protestar por él. Cuando por fin pudo levantarse, comprendió que estaba viviendo de más. Se afeitó de memoria y se puso sin ganas la ropa del día anterior.

Al ir por el pan, corroboró con los vecinos el espectáculo que había visto por la televisión.

—¿Cómo es posible que lo condenen después que nos devolvió la paz? Si no fuera por él viviríamos a salto de mata, pensando que en cualquier momento explota aquí mismo una bomba.

Reunidos frente a una tienda de abarrotes, los habitantes de la tercera edad lamentaban lo ocurrido.

—La gente es muy ingrata, vecina. Ya no se acuerdan cómo era antes.

Con sus bolsas y monederos en la mano o con los periódicos y su tercio de alfalfa debajo del brazo, discutían acalorados.

—Yo les garantizo que ahora los terroristas están celebrando todo esto.

—¿Los terroristas? Serán los del gobierno. Los jueces, los fiscales. Todos están comprados.

—¿Y los derechos humanos?

—¿Acaso los otros no mataron?

—Qué derechos ni que ocho cuartos. ¿Sí o no don Casimiro?

Apoyado en su bastón, el viejo no podía esconder su incomodidad. Tenía el rostro desencajado como si el dictador al que acababan de sentenciar fuera un pariente cercano. Pobre hombre, decía, pensando qué sería de su propia vida si a esas alturas del partido lo condenaran a pasar sus últimos días en una celda. No era su hijo ni su nieto. Ni siquiera lo había visto de lejos. Pero a sus setenta y tantos años, cuando todavía caminaba derecho y sin ninguna ayuda, lo había emocionado ver a un candidato tan legal, sin la malicia de otros políticos corrompidos.

A diferencia de su contrincante presidencial que hacía *footing* en el malecón de Barranco, El Chino se paseaba en tractores vistiendo ponchos y chullos andinos, hablaba de reformar al país entero, construir escuelas y caminos, acabar con la violencia, crear más trabajos. Prometía lo que prometen todos. Sólo que su aura de recién llegado y esa lengua de cadencias foráneas cautivaba a las masas con efectividad. Viajaba a las partes más inhóspitas del país, se metía a las barriadas y jugaba pelota con los niños. Cuando los periodistas le pedían que mostrara sus músculos para ver si eran tan definidos como los del contrincante, en vez de achicarse El Chino mostraba su pancita cincuentona sin ningún pudor, se hacía el fuerte y levantaba los brazos como Tarzán.

Por esas criolladas don Casimiro lo quería como si hubieran sido amigos de toda la vida. Se imaginaba que alguna vez pasaría por el barrio y lo condecoraría por haberlo apoyado a voz en cuello para que llegara a la presidencia. Cuando decían en los periódicos que El Chino había nacido en el extranjero, don Casimiro lo negaba rotundamente. A mí toda la vida me han preguntado si soy de la China o de la Calle Capón y soy más norteño que la chicha de jora. Mi madre era de Monsefú y allá todos los *paisanes*, se reía divertido, somos medio chinos y medio cholos. Nos llamamos Huamanchumo y Chamochumbi. Y bailamos sin zapatos *Chiclayanita, dame tu amor*. Te aseguro que no le harían tantos quecos al pobre si por sus venas corriera sangre azul.

El día de las elecciones, levantó a su mujer antes de los primeros gallos. Apúrate, Paula, que en cualquier momento abren las urnas. Apúrate, le decía, mientras ella se ponía la muda de siempre. Nunca le había gustado que la apuraran, pero esta vez el viejo tenía razón. Se tomaron a soplos el café con leche y juntos caminaron al colegio fiscal donde habían sido asignados. Como si les hubieran pagado una comisión por hacerle propaganda al partido, don Casimiro y su mujer le pedían a todos los que se cruzaban con ellos que votaran por El Chino.

Con el mismo júbilo celebraron el día que el Presidente cerró el Congreso de la República. Bien hecho, señalaba ella. Es lo que hacía falta, aplaudía él frente a la tele. Que alguien tuviera los pantalones de mandar a su casa a una serie de inútiles, a todos los congresistas que se alimentan del pueblo y viven como reyes. Les importaba un comino que sus acciones fueran anticonstitucionales. Como muchos provincianos, se alegraban de que fuera él, ese hombrecito sin voz de mando ni más credenciales que sus estudios universitarios, quien prometiera frente a las cámaras la reconstrucción del gobierno.

Ahora que se jodan, mamá, celebraba alegre, dando golpecitos en el paladar, entonando una marinera. Que se jodan, respondía ella, muerta de risa. Marchitos por fuera pero aferrados con uñas y dientes al recuerdo de sus mejores años, se sentían felices de ser parte de un cambio, aunque les llegara en el último tercio de sus vidas.

Le hubiera encantado ser como él. A los diecisiete años, quiso irse a la guerra con Colombia. Pero lo despacharon en dos segundos al verlo esquelético y detectar en sus pupilas los arañazos de la orfandad. Vete a tu casa y come, muchacho, lo despidió asustado el oficial de reclutamiento. Así como estás, te mueres a la primera. Él lo sabía, pero lo ilusionaba morir como un héroe. Que pusieran una placa con su nombre en la Plaza de Armas por haber defendido el territorio patrio y no por morir como su madre y sus hermanos. De tuberculosis.

Tuvo la suerte de entrar a la Agencia de Vapores de Lambeyeque, donde le dieron el trabajo de "pinchasapos", con lo cual servía para hacer mandados, pasar la escoba o el trapeador, cargar paquetes al muelle, llevar mensajes en sobres sellados al capitán de algún barco. De Japón, de Chile, de los Estados Unidos.

—¿Sí o no don Casimiro?

Lo fácil era darle la razón a los vecinos. El Chino había hecho mucho por ellos y ahora todos le hacían cargamontón. Quién sabe de qué se valió para capturar al líder de la oposición y a todos los cabecillas de un movimiento que intentaba limpiar con sangre la corrupción. Cuántos, como él, no aplaudieron que mostrara al caudillo de los rebeldes entre rejas, vistiendo un traje de rayas para alimentar el morbo del pueblo. Pero las muertes no mentían.

Fue simpatizante del Partido Aprista hasta cuando ya no pudo serlo, cuando el país se fue al carajo con la devaluación de la moneda y se vio haciendo colas interminables para conseguir diez bolsas de leche en polvo. Increíble que ese fuera el mismo país que hacía sólo unas décadas exportaba materias primas a Europa. Café, cacao, melaza, arroz de la mejor calidad, azúcar y el preciado ron Pomalca, cuando las haciendas del norte vivían su mejor época, y él de ser "pinchasapos" llegó a ser gerente apoderado de la misma agencia de vapores en el puerto de Pimentel.

A sus noventa y cuatro años se sintió inútil ante el interrogatorio de los viejos que habían sido sus compañeros de verada desde que tuvo que abandonar su patria chica para instalarse en la capital, cuando la reforma agraria distribuyó las tierras de las antiguas haciendas en cooperativas y sociedades agrícolas. Estaba cansado de vivir, de pasar de un gobierno a otro y comprobar que la política es una mierda. Según sus cálculos, había vivido entre cuatro y seis golpes militares, y entre una sarta de gobiernos seudodemocráticos había presenciado al menos tres relevos institucionales, un autogolpe e innumerables fraudes electorales.

Ya no tenía las mismas ganas de empezar otra vez, como lo hizo en una de las últimas crisis, cuando agarró su Volkswagen amarillo y salió a hacer taxi. No salgas, papá, le decía su hija. Ya te han robado el carro dos veces y tú insistes en salir a las calles. Con lo que yo gano en el colegio podemos cubrir los gastos de la casa. No te expongas a que un día de estos te maten. Pero el viejo no podía dejar de trabajar. Me da vergüenza, hija. No le importaba cobrar una miseria por hacer carreras de un extremo de la ciudad a otro. O que le robaran los lentes en un semáforo. Lo hacía con el mismo orgullo con que alguna vez barrió las bodegas de la agencia, donde después de años de pagarse clases de algebra y trigonometría y de estudiar por correspondencia, obtuvo el título de Contador Mercantil.

¿Qué diría su Paula si estuviera con ellos, si supiera lo que habían descubierto? ¿Y si uno de esos desaparecidos fuera mi hijo? Claro que había que ponerle un alto a una crisis mayúscula. ¿Pero así?

¿Matando con alevosía porque los otros también lo habían hecho? ¿Y no habría seguido a los disidentes si me hubieran tocado la puerta cuando no tenía un real en el bolsillo? Estaba harto de vivir y más de pensar que se había equivocado. Que mientras celebraba los logros del Chino, se realizaban a puertas cerradas ejecuciones sumarias, delitos de corrupción y espionaje a periodistas y políticos, desvío de fondos, esterilizaciones forzadas a miles de mujeres que se sometieron al bisturí sin anestesia por un poco de alimentos.

Se despidió con un gesto lejano, blandiendo la bolsa del pan. Se internó en el pasaje de siempre y volteó a la derecha por la calle de Las Perdices hasta llegar al número 427. Tuvo ganas de llorar, pero también eso le pareció inútil.

Le hubiera encantado ver el mar otra vez. Correr por la playa de Pimentel y sentir la sal en sus pies desechos de tanto vagar. O subirse al árbol de mangos con su hermano Miguel. Pero ya no le dio tiempo. Los panes rodaron por el suelo. Abrazado a la tumba de su madre en el antiguo cementerio de Tumán, volvió a tener diez años y sintió una leve caricia en la frente. El olor del alfeñique. El champús endulzado con melao de caña y las marraquetas recién salidas del horno.

Como no hablaba desde el último derrame, a nadie le sorprendió que no contestara. Ni que insistiera en su inocencia el día del juicio final.

La otra vocación

¿En qué momento decides hacerlo, salir por esa puerta a oscuras, desgreñada, dispuesta a lanzarte a un viaje sin regreso?

En las horas que lleva postrada en esa banca Amelia no acaba de entenderlo. Ha cambiado la historia que debe contarle a Mauro al menos siete veces. Con la mirada fija en la incesante procesión de zapatos que han pasado frente a ella, sorda por los golpes de los sellos notariales y muerta de hambre, ha armado un discurso infalible de causas y efectos, apoyándose en dilemas morales, leyes retrógradas y el deber médico.

Fue lo primero que se le ocurrió al recibir la llamada de Fernando la noche anterior. Presentarse en la oficina de Mauro a primera hora, aunque tuviera que esperarlo todo un día para pedirle que sacara a su hijo de la carceleta del Palacio. No iba a pagarle esa millonada a un tal Pacho que le había ofrecido sacarlo de ahí antes de su traslado a un penal de alta seguridad.

Supo de su vocación cuando faltó al colegio para atender a una gata parturienta. No tendría ni seis años y se pasó toda una mañana con ella, ayudándola con el parto de tres gatitos ciegos. Cuando ella le preguntó si quería ser veterinario, frunció el ceño y le dijo que no. Sería médico. Se lo dijo con la mano en el pecho, en señal de juramento, aferrado a un estetoscopio de juguete con el que prometía curar enfermos.

Cuando la puerta se abre al final de ese largo pasillo, las piernas se le acalambran. No sabe si podrá hacerlo.

—Discúlpame por hacerte esperar, la saluda Mauro en una oficina desangelada con muebles de metal. Con ese traje obsoleto y los pocos cabellos que ha intentado acomodarse en la cabeza, Mauro es un ropero viejo de puertas desvencijadas. Huele a sahumerio y agua florida. Ha perdido el lustre de antaño. Si así está él, cómo estaré yo, se avergüenza. Endereza la espalda y no halla cómo esconder las manchas de las manos, las arrugas, los ojos opacos.

—Tú me dirás, le dice distante. Los labios no encajan como debieran. Un derrame facial.

¿Cómo contarle que su hijo está preso por practicarle un aborto a una muchacha de dieciséis años? Después de pasarse toda la mañana buscando las palabras apropiadas, su voz la traiciona. Lo ve con su bata blanca, estudiando de madrugada, llenándole la refrigeradora de sesos y corazones, placentas, tibias, pulmones. Voy a ser médico, mamá. Y de los grandes, le dice ilusionado. No sueñes tanto y preocúpate por salvar vidas, grita ella desde la cocina. Muerta de risa, con la cuchara de palo en alto.

¿Cómo decirle que el curetaje no funcionó, que algo falló? La imagina saliendo desesperada, tocándole la puerta. Esperando que la atienda. Unos cuantos billetes en el bolsillo. El reloj de su padre. Un prendedor.

¿En qué momento decides hacerlo? Sabía que en la sierra las mujeres del campo provocan abortos con infusiones de ruda y emplastos de canela. Pero ni siquiera lo consideró. El recuerdo de su niñez en el convento la persiguió toda la vida. El día que se cayó una de las tapias de adobe, donde las monjas —lo supo de inmediato— habían enterrado a sus fetos bajo el amparo de una comunidad entregada a la oración, las rondas infantiles, los cánticos espirituales y la caridad. El recuerdo de esos cuerpos huérfanos la atormentó siempre. Las religiosas tratando de esconder los huesitos intactos con sus amplios hábitos, hasta debajo de sus mangas, y las niñas gritando horrorizadas el hallazgo de una cabecita, una pierna, una calaverita. A ella nunca se le ocurrió. Ni siquiera cuando supo que tendría que criarlo sola. Su hijo no terminaría en la pared de un convento. Sería de los grandes. Médico.

¿Cómo decirle que a los tres días se murió? Cuando los padres la llevaron de emergencia a una clínica la infección había avanzado demasiado. Era peligroso practicar un aborto con más de doce semanas de gestación. Pero ella le suplicó de tal manera...

—Lo hiciste por el dinero.

—No, mamá. Había entrado a la universidad. No podía tenerlo. Ayúdeme, doctor, me decía. Mire la edad que tengo.

Los padres tienen influencias. Lo acusan de homicidio. Hay testigos. Tres amigas que sabían del embarazo y otra que le dio la dirección de un experto en esos procedimientos.

Mientras Mauro le explica los procesos judiciales a seguir en estos casos, Amelia comprueba después de medio siglo la inutilidad de las palabras entre ellos. El envejecido Fiscal no puede exponerse a que alguien lo comprometa con algo tan grave. Ni ella ni el hijo. Sigue siendo el mismo. También ahora le da la espalda. Esta vez no lo obligan los padres. Ni los estudios. Ni el futuro brillante que le espera como abogado y jefe de familia.

—Lo siento de verdad, es una lástima. Que pierda la licencia es lo de menos. Lo peor será el penal a donde lo manden. Eso queda en manos de la comisión, le dice. Los destinos dependen del juez de turno, el asistente social, el psicólogo. No se le ocurren mejores argumentos. Tampoco se le cruza por la mente la idea de conocerlo. Saca del pantalón un pañuelo descolorido y se seca otra vez un hilo de baba imposible de contener.

—Sí, Mauro, se limita a contestar. Y sale sin reclamarle.

Con las piernas desencajadas, Amelia enrumba por unas calles que apenas reconoce. Prendida de su bolso y con los ojos en la vereda, esquiva papeles ilegibles, envolturas de caramelo pegadas al suelo, algún vómito reciente, cacas desparramadas, una meada. Lo ve otra vez. Con el estetoscopio al cuello. Atendiendo a esa gata en la sala. Recetando con esa letra incomprensible que la hace sentirse orgullosa de tener un hijo médico.

—*La cigüeña cuando trajo a Carocito no lo pudo transportar en un pañal.*

—¿Qué cantas?

—*Carocito era un niñito pequeñito, tan chiquito que cabía en un dedal.*

—Los hijos no vienen de París, mamá.

—¿Y tú cómo lo sabes?

—Porque soy médico, le contesta. Y se ríen a carcajadas, atrapados en una inmensa burbuja de jabón donde el mundo es solo para ellos.

En el taxi que la lleva del centro a Santa Anita, Amelia mira por la ventana a la misma gente, los mismos puentes, los ambulantes de siempre... Ha visto esta película tantas veces y sólo ahora entiende que desconoce el final.

—Ayúdeme, doctor, es lo único que escucha. La promesa de robar en la calle para completarle lo que falta. Y el llanto infantil, como el de su propia hija, su Marianita que está a punto de cumplir quince años. No quiere hacerlo.

—Es muy arriesgado. Está en juego tu vida, mi reputación como médico. ¿Sabes lo que podría pasar si hay complicaciones? Y de pronto se da cuenta que es cierto. Lleva puesto el uniforme escolar, el pelo recogido con un lazo, las insignias y la escarapela de fiestas patrias. No puedo, le dice. Pero abre el cajón y guarda el reloj, el dinero. Es pecosa como su hija. También esto es medicina, se convence. Le estoy salvando la vida. A ella. Al niño.

Aunque vive sola desde la muerte de su marido, entra a la casa como si no quisiera despertar a nadie. *Los padres cuando vieron asombrados el envío que llegaba de París...* Llega hasta su dormitorio ayudada por las luces tenues que se cuelan por la ventana. *Lo tomaron en la palma de la mano, no sabían si llorar o si reír.* A tientas enciende la vela de su tocador con los fósforos que todavía deja listos por si hay otro apagón. En el espejo turbio se ve tan desmejorada como él. Pero eso es lo de menos. Mira que hacerla esperar todo un día para decirle que no.

Debe apurarse antes de que lo trasladen. Llamar al tal Pacho para pedirle unas horas más. O no. Mejor no. Buscar en el cajón, en la mesa de noche, en el aparador. *La cigüeña cuando trajo a Carocito,* canta nerviosa. No puede esperar a que abran el banco. Busca los aretes de su madre, el collar de perlas orientales. También las escrituras. No es justo.

Y sin pensarlo dos veces sales otra vez. Desaliñada. Con la ropa de ayer. Le pides al taxista que te lleve. Debes intentarlo. Por tu niño. *Tan chiquito que cabía en un dedal.*

Señales de vida

Es todo tan inmenso que no cabe en el llanto
y el dolor nos observa desde fuera.

-Fernando Valverde

Son muchos días de estar así, paseando los ojos de un lado a otro. Sin poder salir. Cambiándome de este sillón al mueble de enfrente. Contando los pasos que van de aquí a la cocina o a mi cuarto. Han cerrado los negocios, las escuelas. Las avenidas más transitadas están huérfanas. Al principio todos se reían. Qué exagerados. No será para tanto. Luego comenzaron a escasear los víveres, el papel higiénico, el desinfectante al que antes no le hacíamos ni caso.

—Mejor no salgas, me ruega la vecina por el balcón. No vaya a ser que te contagies por comprar un par de latas. ¿Qué te hace falta, *bonica*?

Petra siempre me ha cuidado así. Pasándome una barra de pan por la ventana. Una olla de lentejas. Unas soletillas. Un par de magdalenas para que no salga a la calle cuando hace frío.

—Te lo digo en serio, mujer. No salgas. Ya tenemos una edad.

Petra no sale porque vive con uno de sus hijos. Mauro puede traerle lo que haga falta. Pero yo no tengo de otra. Una cosa es pedirle un poco de azúcar, unas patatas. Y otra cosa es abusar.

—No te preocupes por esta vieja, la tranquilizo desde mi balcón. Si no me mató una guerra, no va a poder conmigo esta epidemia.

¿Cómo me voy a morir ahora, después de pasar las de Caín con los paros, la falta de agua, las explosiones? ¿Cómo ahora después de tanto sacrificio para llegar a este país? Mis hijos todavía lo recuerdan. Carlos tenía dieciocho y los gemelos dieciséis. No había ni pan para el desayuno y les daba camotes fritos o hervidos.

—¿Camotes?

—Boniatos, hija.

Pienso mucho en esos días oscuros cuando salgo a la calle a ver si encuentro algo. Dice mi Carlos que en Alemania también se están acabando las cosas. Y en el Perú han vuelto a las andadas. Mira si no seremos ladrones que ya están vendiendo las pruebas para el virus en ochocientos soles. En la calle. Y te aseguro que son falsas.

Yo me administro con lo poco que tengo, sin molestar a nadie. Hoy me como esta lata de atún y mañana unos garbanzos. Petra no los puede ver ni en pintura. Me lo contó hace años, cuando recién nos mudamos a este edificio. Le tocó la posguerra de niña, en un pueblito de Murcia. Sus hermanos mayores arrancaban hierbas del campo para que su madre las echara al caldo. Comían eso todos los días. Y garbanzos. Es una gran cocinera. Hasta ahora que tiene más de noventa. Pero los garbanzos no los tolera. Ni los caldos.

—Si tienes que irte, no te preocupes por mí.

—No hay prisa, Amparo. Sólo dime si has notado algún cambio en tu salud. ¿Te duelen los músculos? ¿Has tenido fiebre? ¿Cómo estás del estómago?

No tengo nada, hija. Lo único que me aterra es morirme aquí encerrada y que nadie se dé cuenta. Eso le pasó a una vecina del sexto piso hace unos años. Como era solterona, nadie la echó en falta, hasta que el olor a carne podrida empezó a salir por debajo de la puerta. Vinieron los bomberos, la policía, un par de reporteros. La encontraron tiesa en la sala, con las luces encendidas y el mando de la tele en la mano.

Por eso le he dado una llave a Petra y al vecino de abajo. Mis hijos están muy pendientes y me llaman todas las semanas. Pero los tres viven lejos. Antes siquiera podíamos vernos los de esta finca en la escalera, en el portal, hablando aquí afuera. Ahora sólo nos queda el balcón para ver si estamos vivos.

No sabes lo que es asomarnos a la ventana por las noches para aplaudir a los médicos y enfermeros que se dejan la vida en los hospitales y las clínicas. Cada día mueren más personas. Y ahí van esos benditos con sus mascarillas y guantes a enfrentar el mal. Yo sólo conozco a una doctora en esta calle, pero a todos los aplaudo por igual.

A veces alguien toca el violín. Dice Miguela que es una artista del otro edificio. Le cancelaron todos sus conciertos y se consuela tocándonos lo que hubiera presentado en Viena y en Berlín. El día que tocó *La Flor de la Canela* me puse a llorar aquí en el caño. Gracias, cariño, alcancé a gritarle por la cocina, pensando en mi gente, en mi madre, en todo lo que dejamos atrás. *El viejo puente, el río y la alameda.*

—Qué bonito hablas, Amparo.

—Es la verdad, hija. Te puedes pasar años viviendo en otra parte, comiendo otras comidas, haciendo nuevas amistades. Pero el corazón sigue allá, dobladito con la ropa que dejaste en el ropero por si había que regresar. Mi esposo lo supo siempre y se empeñó en irse a morir allá. ¿Cómo vamos a volver, Juan? Aquí están los chicos. Nuestra casa. ¿Qué vamos a hacer en Lima? Llévame, Amparo, me rogaba todos los días. Hasta que hicimos las maletas y nos fuimos.

Si vieras la cantidad de gente que venía a despedirlo aquí a la sala. Sobre todo los peruanos que lo veían como un abuelo. Salúdeme a mi mamá, don Juanito. Pídale que nos cuide. Busque a mi tía Hermila y dígale que un día vamos a llevar sus cenizas a Chota. Yo me moría de risa en la cocina, pensando en la gente desquiciada que le hacía encargos de ese tipo. Pero mi viejo aceptaba los mensajes para la muerte con toda seriedad. No te preocupes, María. Yo se lo digo. Con todo gusto. Ten por seguro que así lo haré, Rufino. Me llevaba trece años, como Petra. Un caballero de los que ya no hay.

Mi Juan quería morirse porque los dolores del cáncer eran insoportables. Al final ni la morfina lo aliviaba. Pero yo no me quiero ir todavía. Tengo dos nietecitas en Málaga y un nieto en Stuttgart. Un muñeco de ojos azules y el pelo rubio como su madre.

El otro día me desperté con dolor de garganta y me pasé horas pensando que estaba mal. Había ido a la tienda el día anterior a buscar leche para el café. Es el único vicio que tengo. Desde que agarré la caja pensé aquí me voy a infectar. Y más cuando el cajero la tocó por todos lados para encontrar el código de barras. La limpié como pude cuando volví a casa y me lavé las manos con jabón no sé cuánto tiempo, pero me quedé mortificada. ¿Has visto lo que dicen? El virus puede vivir horas en los cartones y encimeras, en el metal. Es la peor de las plagas, y sobre todo esta ansiedad.

Ese fue el día que presioné la medalla para preguntar cuáles eran los síntomas. Tenía la esperanza de que me contestaras. Pero me atendió una de tus compañeras. Muy amable. Si mañana amaneces peor, Amparo, te vas a urgencias. No sabes cuánto recé ese día. Tomándome esos hierbajos que he detestado toda la vida.

—¿Y ahora cómo te sientes? ¿Tienes alguna molestia? ¿Te duele algo?

—Estoy triste, hija. Son muchas horas encerrada en estas cuatro paredes. Y el otro día se llevaron a Petra.

Me hubiera gustado despedirme de ella. Aunque sea por el balcón. Hemos tenido que ingresarla, me dijo Mauro cuando comencé a llamarla por este lado. Tiene neumonía y no me puedo acercar.

Mi Petra. Nos hemos querido desde el primer día cuando nos encontramos tendiendo la ropa. Por ella sé hacer empanadillas de pisto y albóndigas. El zarangollo por el que mueren mis hijos. Y el arroz y conejo de su tierra. *Bonica*, ven que te enseñe a hacer esto. Ya verás qué *panzá* de comer cuando lo prepares para tus *zagalicos*. Así habla ella. Golpeado. Le parece que todo está en el quinto pijo. Y a los nietos los amenaza con darles *un esclate en el culo*. Hasta ahora me dice que hablo como las actrices de las telenovelas. Porque digo *sebolla, susio, Barselona*. Otra la hubiera mandado a volar, pero así nos queremos. No me imagino la vida sin ella y sus manías por lavarlo todo.

—Siéntate un rato, Petra. Otra vez estás fregando el suelo. Lavando la ropa.

—Ya lo haré cuando me muera, contesta sin hacerme caso.

Su madre era igual. La pobre no podía ni andar por la artrosis, pero no se estaba quieta. Tenía que estar en la cocina escogiendo el arroz, cortando las verduras para el hervido. Coño aquí y coño allá. Acompañando sus comidas con una *copica* de vino. O una *cervecica*.

Es una vaina vivir tantos años. Aquí en el edificio la mitad ya se han ido al otro barrio. Los últimos fueron los Carrasco. Y antes de ellos se fue Conchita a una residencia. Nos dio tanta pena cuando se la llevaron sus hijos. Nosotras notábamos sus fallos a la hora de las cartas. Ella que había sido tan buena para el juego se confundía a cada paso. Contaba las mismas cosas. Vivía en el pasado. Antonia decidió internarla cuando la encontró llena de papelitos pegados por toda la casa. *Hoy es martes. Tengo que pedir el butano. En una semana será mi cumpleaños. Vivo al lado de Mari y debajo de Miguela.* Ya no la veremos, sentenció Petra al verla salir con la mirada perdida. Y ahora temo no verla a ella que ha sido mi única familia en estas tierras.

Andrés quisiera que me fuera con ellos a Málaga, pero no me atrevo. ¿Qué tal si me contagio en el viaje y los fastidio a ellos? Prefiero quedarme aquí, aunque el barco se hunda.

De vez en cuando sacan algún cuerpo. Vencido por la enfermedad. Al fin libre de tanto encierro. Nos asomamos a verlo en silencio. Sin poder pronunciar un solo adiós.

A veces alguien canta. A lo lejos. Y no sabemos si es canción fúnebre o un destello de esperanza.

Los niños juegan a las escondidas debajo de las camas y las mesas. Pintan las paredes. Destrozan las persianas. Hacen lo que pueden por llevar la calle a la sala. Disfrazándose de piratas. Montando teatros, recreando escuelas de música y danza en estas casitas de sesenta metros cuadrados.

No tengo mocos ni flemas ni esos escalofríos o fiebres a las que debo estar atenta. Sólo siento un dolor profundo aquí en la boca del estómago, sobre todo por las noches. Cuando estoy en la cama y el dolor me despierta. No sé si serán los nervios de ver que los días pasan y seguimos en la nada. O de sentirme presa a todas horas. Mirando los ángulos de estas paredes. Buscando en el aire la voz de mi Petra. Descifrando las pocas sombras que proyectan mis lámparas.

Quiero pensar que es una úlcera y nada más. Que pronto saldremos a las calles. Para ver a los niños corriendo como locos. A los viejos con sus carritos de la compra, hablando de lo caras que están las cosas. Y a los taxistas tocando sus bocinas por estas avenidas. Quiero subirme al autobús y dar una vuelta. Bajarme en un parque cualquiera. Ver a la gente pasear.

Ya falta menos, *bonica*. Cualquier día te levantas y nos dicen que se ha ido todo el mal. Mi Petra. Abro las ventanas y me lleno de las luces que palpitan allá afuera. Si libramos una guerra, no hemos de morir en esta celda.

Las azules horas

Le dijeron al hombre que su hijo nacería vivo, y desde ese instante comenzó a extrañarlo como si hubieran envejecido juntos.

Había sido un embarazo difícil, de revisiones médicas semanales para escuchar los latidos del corazón, medir el cuello del útero o detectar alguna malformación. Pero las enfermeras, los médicos, los aparatos que colocaban en su vientre cada ocho días confirmaban que esta vez sería distinto, aunque ella no dejara de sentir una fuerte presión en el bajo vientre, malestares continuos, el terror de perderlo.

Lo supieron una tarde, en el baño del segundo piso, cuando ella insistió en hacerse la prueba del embarazo, pese a sus súplicas de esperar un poco más. Temía repetir la desilusión de otras veces si no estaba embarazada. O revivir la pesadilla de antes si en el predictor aparecía una carita feliz.

—Estoy en el día treinta y uno y nunca me atraso.

—Mejor reza para que te venga la regla, cariño, le decía él con el tonito burlón de siempre. Reza porque está en juego tu reputación. Sería imposible que te hubieras quedado embarazada de mí con la cantidad de veces que he viajado este mes.

—Pero lo hicimos cuando estaba ovulando. ¿No te acuerdas?

—Mejor reza, le insistía el hombre, muerto de risa para disfrazar sus nervios.

El cuarto donde llevan varias horas huele a desinfectante, a jabón líquido, a gasas, algodones y esparadrapos. Es el mismo donde le pusieron un cerclaje de emergencia. Era eso o perderlo, les habían explicado la semana pasada, antes de coser con manos de santo el cuello del útero, a pocos milímetros del saco amniótico donde estaba su hijo. De los cuatro centímetros de canal uterino al inicio de la gestación, ya no le quedaba ni uno. Una mala puntada del médico perforaría la fuente, pero si la costura funcionaba el embarazo seguiría adelante. Era arriesgado. Se veían ya algunas membranas por la dilatación de un centímetro, pero al menos podían intentarlo. Tomarían una muestra del líquido amniótico para descartar cualquier infección. E intentarían colocar una especie de punto o nudo flexible en la base del cuello uterino para bloquear la salida de la criatura.

Durante los veintisiete minutos de la operación en que ella permanece inmóvil en una camilla inclinada, con la cabeza hacia el suelo, el hombre reza compulsivamente, atando y desatando plegarias que tenía olvidadas. Y entre cada Padre Nuestro que estás en los cielos la imagina triunfante, con una panza de luna llena. Ruega por él, por ella, por nosotros.

No podía perderlo como a la primera niña. Para eso le habían puesto, desde la semana dieciséis, inyecciones de progesterona, efectivas en el tratamiento de insuficiencia cervical.

Esa noche se fueron a casa felices por haberlo prevenido a tiempo. El hombre instaló un catre en la primera planta, entre la sala y la cocina, para que su mujer no hiciera ningún esfuerzo. Y los próximos siete días vieron películas de Ingrid Bergman, Katharine Hepburn y Bette Davis. Jugaron a las cartas, recibieron visitas de amigos a los que quisieron como nunca antes, comieron hasta el cansancio y se divirtieron poniéndole nombres horrendos al muchacho. Tiburcio Ezequiel. Tranquilino. Margarito de la Piedad. Satanasio.

Con suerte, les había dicho el médico, podría retener al bebé hasta la semana veintisiete o veintiocho. Pero ellos, optimistas, se prometieron sin contárselo a nadie, ni siquiera a ellos mismos, llegar hasta la treinta o treinta y dos.

—¡Estás mejor que nunca, cholita! La animaba el hombre. Me tienes a tus pies con propósito de enmienda y dolor de corazón. Te preparo tus antojos, no voy a la oficina, te lavo, te plancho, te canto, te enamoro. Y ni siquiera me lo haces rico.

Su optimismo la desesperaba tanto como estar tumbada en esa cama. Pero ese hombre que decía las cojudeces más impropias era su pata. Su amante. Su amigo. Y si no creía en sus palabras estaba perdida. Como cuando comenzó a sangrar y no estaba él. Perdida en un país que no era el suyo, con otra gente, en un hospital gélido donde le dijeron que su hija nacería muerta.

—Sólo a ti se te ocurren tantas tonterías en los momentos más crueles. Por eso te quiero, loquito.

—¿Sólo por eso?

Esta vez tenía que ser diferente. Cuando les dijeron que sería un niño se alegró. Mejor, pensó de inmediato. Y a partir de entonces, lo imaginó a todas horas. Su cara alegre, sus ojos grandes y negros, su cabeza llena de crespos. Su voz en un parque de niños. En la puerta del colegio, custodiando una mochila mucho más grande que él.

—Se parece a ti, le dijo ella la primera vez que lo vieron en una pantalla tridimensional. Es ñatito como tú. Y nos mira con cólera.

—Eres más fantasiosa, chola. Todos los bebés son iguales. Debes tener la imaginación recontra desarrollada para ver que está asado.

—Si quieres le ponemos Santiago.

—Tú detestas ese nombre.

—Pero a ti te gusta y este niño es tu vivo retrato. Tiene los dedos de los pies como morcillitas y tu cuerpo de barrilito.

—Si ésta es una declaración de amor, mejor no sigas porque estás a punto de convencerme. Sus risas son un ataque de nervios.

Sueña entonces lo impostergable. Está en la cocina o en el baño. Tal vez regando las plantas del porche o leyendo un libro. No lo sabe, en realidad. Quiere despertarse y no puede. Ella lo llama una sola vez y él entiende.

Estoy sangrando. Su rostro es una página en blanco, arrancada de algún cuaderno sin lágrimas ni rastros de delirio. Estoy sangrando, dice a secas, y él la lleva como puede hasta el auto. O la viste primero para llevarla en brazos. La sienta. Le coloca el cinturón de seguridad. La lleva por una oscura carretera que no acaba jamás.

En el hospital la atienden de inmediato. Está muy dilatada. El cerclaje no ha funcionado y el niño viene en camino.

Podemos tratar de salvarlo, señala el médico de turno. Es un hombre alto y sereno. O podemos dejar que la naturaleza siga su curso. Un bebé de veintidós semanas aún no tiene los pulmones desarrollados. Podríamos hacer todo lo posible por resucitarlo. Dice eso. *Resucitarlo*. Pero más del noventa por ciento de los niños que se salvan con tan pocas semanas sufren severos daños neurológicos. Su cerebro aún no ha terminado de formarse. Si tuviera veinticuatro semanas las posibilidades de supervivencia serían mejores. Pero usted tiene veintidós semanas y cinco días a lo mucho. La decisión es suya, por supuesto.

—¿No hay nada que se pueda hacer? Pregunta el hombre con franca inocencia. Ella, en cambio, observa por la ventana el vasto azul celeste de un cielo irreal. Son las diez de la mañana. O las siete en casa. Sus párpados absortos sienten la garúa, reconocen el frío húmedo que se mete por debajo de la ropa. Es junio. Allá es invierno. Nada de esto es cierto.

—Lo mejor en estos casos es dejar que el cuerpo se prepare solo para dar a luz. Usted tiene unos cuatro centímetros de dilatación. Sólo serán unas horas.

—¿Unas horas? Pregunta ante el mutismo de ella.

—El alumbramiento podría llegar de inmediato si aumentan las contracciones. O podría tardar todo un día.

—¿Y no puede agilizar el proceso? Insiste con desesperación.

—Le daremos un dilatador, aunque lo mejor —dice *lo mejor*— es que el cuerpo pase por el proceso natural del parto para expulsar la placenta al mismo tiempo. Dice *expulsar*. Seguiremos monitoreando el latido del corazón. Es muy probable que nazca vivo. Aunque su madre esté de parto y todo esté en su contra, él está feliz ahí adentro e ignora todo lo que pasa aquí afuera. *Feliz. Ahí. Adentro.*

—Si nace vivo, le dice ella, cuando se quedan solos, no quiero verlo. Frente a su cama hay una cuna pequeña con todo tipo de botones, luces, controles. Máquinas desconocidas. También una lámpara para dar calor. Una incubadora. O algo que parece serlo. Esto ya lo ha soñado. Y en el sueño largas son las horas hasta el momento de pujar y respirar y volver a pujar. Le dirán que falta un poco más, que ya casi está afuera, que sea fuerte, que ella puede, así, muy bien, y al final le pondrán en el pecho una criatura inerte. Porque es lo mejor para las madres. *¿Lo mejor?* Eso dijeron la otra vez y no quiere escucharlo. Ni quedarse con la imagen de su rostro paralizado, con la boca entreabierta, queriendo decirle algo. No quiere verlo. Ni vivo. Ni muerto.

Al atardecer las contracciones van en aumento. El corazón del niño late con intensidad y ella ya no tiene fuerzas para seguir pujando. En el cuarto, empequeñecido por las sombras violáceas de afuera, sólo existen ellos tres.

—Ya falta poco, le dice. A ella. También a él. Tiene una mano sobre la frente de su mujer y la otra destrozada por los arañazos de cada contracción. Le ha dicho a la doctora del siguiente turno que quiere verlo. Que se lo preste un momento. No quiere que muera solo. Ni verlo en una caja de zapatos como a su niña. Quiere besarlo y cantarle aunque sólo sea una vez.

Cuando despierta, comprueba en el certificado de defunción que le pusieron Diego, como el hijo que Frida Kahlo perdió en Detroit, lejos de su familia, rodeada de voces extrañas, en un hospital gélido. Midió veintidós centímetros y pesó seiscientos veinte gramos. Era un poco más grande que su hermana y aún no tenía pelo.

Le dijeron al hombre que su hijo vivió en sus brazos cuarenta y tres minutos, pero él insistió hasta la muerte en que fueron más. Tenía, en efecto, sus facciones, las manos pequeñas, las piernas contorneadas y los dedos de los pies gordos y risueños.

El reino de la verdad

La hermana Sara era experta en casos perdidos. Había salvado de las manos del Diablo a la dueña del hostal El Paraíso, a tres homosexuales declarados, a varios carteristas y hasta a un pirañita al que todos llamaban Moco Verde.

Desde hacía treinta y siete años llevaba una vida ejemplar, dedicada a propagar la verdad. Se levantaba en la oscuridad absoluta del cuarto que alquilaba por veinte soles de una de las hermanas de la congregación, encendía su hornilla de querosene y acompañaba su jarro de nescafé con un pan del día anterior. A sus ochenta años seguía cumpliendo la penitencia de siempre, sin hacerle caso a la artrosis ni a la humedad de sus pulmones. Y mientras se encaminaba a los barrios que le tenían asignados, repasaba los versículos que la ayudarían a combatir la concupiscencia y la rosquetería, la avaricia y la mala entraña.

Le gustó desde la vereda de enfrente, al verlo descargar sacos de cemento al pie de una construcción. Se le acercó optimista, sin pensar siquiera que podría despacharla al reconocer su maletín y sus revistas, o sus faldas largas que agudizaban su aspecto de monja en desgracia.

Era tan buena en su oficio que olía desde lejos a las almas deseosas de escucharla y tenía memorizados los discursos con los que combatía a los infieles. Al "somos católicos" respondía: "Qué bueno que crea usted en Dios en estos tiempos de tanta calamidad. Por eso le vengo a traer su palabra". Al "no tengo tiempo" lo enfrentaba con el "sólo le voy a robar dos minutos" (que por supuesto se convertían en veinte o treinta) y al "váyase a la mierda" contestaba sonriente "sí, señor, porque estamos viviendo en los tiempos del fin".

Al verla, el cargador tiró al suelo su saco de cemento y con dos manos descomunales, hechas de arena y hormigón, le hacía gestos para que se acercara.

—Buenos días, le dijo, sin esperar ninguna contestación, y se siguió de largo con el acostumbrado requerimiento de Dios Nuestro Señor.

Sin articular palabra alguna, el obrero movía la cabeza de arriba hacia abajo, mostrándole unos dientes desiguales y mal puestos. Entre muecas fugaces y al borde de la risa, el hombre emitía leves ruidos guturales como para no interrumpirla.

—Le vengo a hablar de un Nuevo Sistema, le decía ignorando su ceño fruncido y la risa diabólica que aumentaba su fealdad. Estamos viviendo en los tiempos del Apocalipsis. Usted y yo estamos con los minutos contados, tosía, para arrepentirnos de nuestro mal vivir. Podemos dejar este mundo inicuo gobernado por malhechores. En el Reino de la Verdad todos seremos iguales. Tosía, cubría sus labios marchitos con un pañuelo de otros tiempos y pronunciaba emocionada verdades arcanas. No habrá diferencias entre ricos y pobres ni existirán las enfermedades ni la muerte ni el dolor. Gozaremos de eterna juventud y estaremos unidos por el amor.

—Eso me suena a una rica declaración, gritó alguien del otro lado de la pared.

—¡Lo que nos faltaba, carajo!

—En tierra de ciegos, terció otro más, este huevón es el rey.

Las risas cachacientas salían del otro lado de la construcción sin que los afectados se inmutaran. Él la seguía con los ojos y la boca entreabierta, mientras ella le ilustraba el sermón con folletos a colores donde aparecían, en un mismo prado y al lado de un león, hombres negros y mujeres blancas, niños chinos y jovencitas cholas después de la resurrección.

—No pierda su tiempo. ¿No se da cuenta que su amorcito no puede oírla?

—La vieja está en celo, añadió una de las voces.

—Vengo a hablarle a este hombre de la verdad, tosía la hermana Sara, y con la voz cascada continuaba implacable en su ministerio. Soy Misionera Especial, insistía, como si ese título sacro fuera su mejor escudo en la guerra contra el mal. Como si otra vez estuviera en la cocina de su casa explicándole a su marido que el hermano Castillo le había dicho que debían casarse o no entrarían al paraíso.

Los comentarios vulgares continuaron un buen rato en el cascarón vacío de la casa a medio hacer. En una encendida competencia de chistes y apodos, la tildaron de ramera y pecatriz. Los hombres filosofaron sobre las gallinas viejas que dan buen caldo y de los nietos que sodomizan a sus abuelas hasta dejarlas rengas. Le prometieron enderezarla con la vara de la disciplina, ponerla en cuatro patas y dejarla turuleca el día del Armagedón.

No tenía caso convencerlos. Con la mirada fija en los ojos del sordomudo se acordó otra vez de su marido, como solía pasarle cuando la expulsaban a escobazos de alguna casa, con un baño de agua sucia o a punta de pedradas. Te quiero mucho, Sarita, pero no me vengas con cojudeces, le dijo esa tarde en la cocina. Aquí tienes de todo, vivimos bien, nadie nos jode. Si quieres dedicarte a predicar, ahí está la puerta. Yo no me caso ni contigo ni con nadie. Te lo dije hace once años y te lo vuelvo a repetir.

Siempre pensó que en cualquier momento iría a su cuartito para llevarla al altar, como le aseguraba el hermano Castillo. Cuando menos lo imagine, le decía. Yhavé tarda pero no olvida. Por eso lo esperó al pie del vestido que colgaba de un clavo en la pared, hasta que la hermana Evangelina le contó que se mató o lo mataron en el Jirón Andahuaylas, frente al Mercedes Cabello. Por su falta de fe, hermana, por burlarse de la verdad, por incrédulo.

Ensimismada en su religión, le leyó un versículo de los Corintios y otro de la Carta de Pablo a los Efesios, siguió tenaz por el Eclesiastés y llegó en total arrobo hasta el Cantar de los Cantares. Si salvando a esas putas y maricas, a los locos y rateros, o a este mudo de mierda conseguía un lugar entre los ciento cuarenta y cuatro mil que estarían a la diestra del Señor el día del Juicio Final, su misión estaría cumplida.

Nadie supo cómo lo logró. Los peones que veían pasar a Giraldo Huamán feliz en un traje anacrónico, con corbata y zapatos recién lustrados, paraban la obra y lo aplaudían. Se arrodillaban en signo de perdón y le hacían gestos obscenos. Predícame, hermanito, le gritaban, desde la esquina. Haz que me arrepienta, papacito. Metían y sacaban las palas del concreto meneando el cuerpo entero, dando gritos de placer.

El hermano Giraldo les regalaba a diario la misma sonrisa inverosímil con que lo vieron bajar hacía algunos años de un camión que venía de Huanta. Lo había dejado todo por ella para convertirse en Misionero Especial. La construcción. La jardinería. Hasta los tragos del domingo. Él que se había quedado sin familia cuando la guerra... cuando mataron a los niños, las mujeres y los viejos que lloraban en otra lengua. Él que se había salvado esa noche siniestra por estar en el monte con los animales, parecía entender que Dios lo había elegido para entrar al Nuevo Sistema, para volver a ver a su madre y a su hermana en la vida eterna.

En sus reuniones de estudio bíblico Giraldo era el primero en levantar la mano. Y aunque nadie entendía los sonidos desgarradores que salían de su garganta, todos le daban la razón. No sabía leer ni escribir, pero en los rostros pacíficos de los libros y revistas que ofrecía de casa en casa había reconstruido a su gente perdida, a esos hombres y mujeres a los que llamaban disidentes, terroristas. Ante el asombro de la congregación, vendía las publicaciones divinas que llegaban del Imperio con la misma alegría con que antes aventaba ladrillos en la construcción. Decían sus hermanos que le faltaban pies para salvarse, y más cuando lo veían dejar con gusto el dinero recolectado en las arcas destinadas al Señor.

La hermana Sara lo paseaba orgullosa. Era la prueba máxima de cómo opera la verdad. Su premio al sacrificio de haberse entregado a esa vida de enmienda y pasión. Solían ir juntos de puerta en puerta para convencer a los impíos. Oraban antes y después de ingerir los alimentos. Practicaban el sacrificio en lugares impensables. Gozaban de los insultos de los apóstatas y esperaban que el fin de este sistema los encontrara escudriñando las sagradas cifras. En sus pocas horas de descanso, cantaban las canciones del reino en tonos comprensibles sólo para ellos. Y en las madrugadas, mientras ella le amansaba los pelos rebeldes con gomina y agua fría, le decía al oído que en el Reino de la Verdad no harían falta las palabras, que una mirada suya bastaría para sanarla.

Leche negra

No hubo modo de convencerla. Ni con el cuento del examen de matemáticas. Ni con promesas de hacerse cargo de la casa por un mes. La Julia ya lo había decidido la noche anterior, cuando supo que al día siguiente llegaría al barrio un camión. Enorme, como los que había visto en la tele, lleno de leche en polvo, azúcar y arroz.

Estaba harta de sus insolencias, que hiciera lo que le diera la gana y se creyera lo máximo porque la habían elegido Reina de la Primavera en su salón. Malcriada. Atrevida. Bastante tenía ella haciéndose cargo de sus cinco hijos mientras su marido se daba la gran vida en Jaén, con la excusa de que no había trabajo en Lima. Maldito. Él con su querida y ella con los chicos raquíticos y mal vestidos, muriéndose de frío en esa casucha de ladrillos y pisos de hormigón.

—La directora me va a expulsar como siga faltando por cualquier tontería.

—¿Te parece una tontería darle de comer a tus hermanos? Va a venir un camión con comida y tú sólo piensas en largarte al colegio. Egoísta. Malagradecida. A tu edad yo ya trabajaba en el mercado, ayudaba en la casa. Cocinaba para toda mi familia.

Quiso recordarle que los hijos no eran suyos, que era injusto que la hiciera faltar porque su hermanito de seis años tenía fiebre. Porque no había quién la ayudara a descargar la mercadería en su puesto de lanas en Gamarra. Porque había que juntar agua después del apagón. Pero estaba perdida. Si no iba ella, ¿quién más iba a hacerle el favor de comprar su ración? Imposible que la Julia faltara al trabajo. En cambio ella... ella tendría que comerse sus lágrimas.

Desde hacía meses las tiendas estaban cerradas y los que tenían unas cuantas latas de leche evaporada las escondían para venderlas más caras en unos días. También las botellas de aceite. Los fideos, el atún y las menestras.

—Quítate el uniforme y ponte mi ropa, le advirtió la Julia antes de tirar un portazo. No vaya a ser que te nieguen la comida por ser escolar. Y vete de una vez. Seguro que la gente ya está formada desde hace rato. No quiero que me citen en el colegio para decirme de nuevo que tus hermanos están desnutridos.

No le hizo caso. No iba a vestirse de payasa sólo para que le vendieran lo que le tocaba a cada familia por los próximos quince días. O un mes. Diez bolsas de leche, medio kilo de azúcar rubia y un kilo de arroz. Se dejó puesta la falda del colegio y se puso encima su poncho crema, tejido a crochet y con punto de arroz en la clase de formación laboral. Adornado con tres botones de madera cerca del cuello. El mejor trabajo de todo el salón.

La calle estaba repleta. La cola para el camión daba la vuelta a la manzana y seguía creciendo por la esquina de la Sabina, que miraba el espectáculo desde la ventana de su tienda. Indolente. Luciendo sus trenzas negras. Viendo si alguien se cansaba de esperar en la fila y venía a rogarle que le vendiera al precio que fuera algunos productos básicos, escondidos en la trastienda.

En vano buscó rostros familiares entre los más próximos a ella. Eran sobre todo mujeres, madres, abuelas. Aunque también uno que otro hombre y jóvenes como ella, arropados para aguantar la llovizna de las siete y media.

Los niños de cuatro y cinco años jugaban en la vereda con sus chapas y bolitas de vidrio. Los más grandes con sus trompos y huaracas.

Una pelota de trapo. *Arroz con leche*, cantaban dos niñas, *me quiero casar*, haciendo una ronda al lado de sus mamás. Menos mal que todos sus hermanos ya iban al colegio. Hasta Perico, que había heredado el uniforme de los mayores. La Julia era capaz de mandarla a hacer la cola con todos ellos. Qué vergüenza. Como si ella tuviera la obligación de hacerse cargo de sus crías. Sarnosas. Con esas manchas en la piel que delataban su falta de vitaminas, calcio y hierro.

A esa hora ya estarían tomando el examen de álgebra y ella que se había matado estudiando a la luz de una vela no podría soplarle las respuestas a Zegarra, sentado a su lado. Con sus crespos en la frente y esos ojitos tímidos que desde hacía varias semanas no dejaban de mirarla.

—A leguas se ve que está templado de ti, amiga, la alentaba Rocío. Pero el pobre no se anima.

—A lo mejor necesita un empujoncito, se burlaba Tatiana. Si quieres yo te ayudo con eso.

Ella se hacía la desentendida, pero en el fondo esperaba que se atreviera. Con un papelito, un par de palabras. A la hora del recreo, cuando se sentaba a su lado en el muro de la pileta, y juntos columpiaban las piernas sobre el fondo sin agua.

La fila comenzó a moverse a eso de las diez y media, cuando anunciaron con un altavoz que la repartición de alimentos se haría de forma ordenada.

Así los formaban en el colegio los lunes por la mañana para cantar el Himno Nacional y rezar el Padre Nuestro antes de entrar a clases. De uniforme plomo y camisa blanca. Listos para el combate. Con la frente en alto y en pose de atención, sin otro escudo que la insignia en el pecho de su Gran Unidad Escolar.

Cuando alguien se pasaba de la raya ahí estaban los policías escolares para poner orden en las filas. Ramírez. Zela. Olaya. Para que a ningún gracioso se le ocurriera lanzar una tiza a la cabeza de otro. Por si alguien se ponía a cantar *La gallina turuleca* en la formación. Para que Fernández y Ramos no se atrevieran a bajar los fustanes de las chicas del salón.

Aquí también se paseaban junto a ellos los soldados del ejército con sus botas acordonadas, sus pantalones verdes y casacas. Sus gorras de tela y sus armas. Para que a ninguna vecina se le cruzara por la cabeza meterse en la fila. Para que nadie se peleara ni tratara de comprar una bolsa más de la cuota asignada.

A las doce, cuando faltaba menos de media cuadra para llegar al camión, anunciaron por los altavoces que tendrían que reducir la ración a la mitad. Había demasiada gente, tal vez venida de otros poblados, y no alcanzaría para todos. Las mujeres comenzaron a gritar y los soldados a tratar de imponer el orden militar, con insultos y amenazas. Blandiendo sus armas.

Por eso no reconocía a los de adelante ni a los de atrás. No era gente del barrio. Sólo a lo lejos había distinguido a la dueña de la funeraria, a la peluquera, y a Toña, la mujer del carpintero.

La Julia se enojaría con ella por haber llegado tarde a la cola. Por no pensar en sus hermanos. Desgraciada. Egoísta. Seguro por estarse viendo en el espejo. La muy bonita. Sin ver que ella hacía lo imposible por mantenerlos. Haciendo milagros con el hígado y las mollejas, las tripas y el pulmón.

Comenzó entonces a multiplicar en su cabeza las tazas de leche que saldrían de cada bolsa de las cinco que ahora recibiría. Cinco por cuatro veinte. Cinco por cinco veinticinco. Siempre podría echar un poco más de agua y batir la leche a toda velocidad para llenarla de espuma y engañar a sus hermanos y a la Julia. Para que le salieran veintiséis o veintisiete hasta la próxima remesa. Tomarían leche un día sí y otro no, alimentándose por mientras con jarros de café y té de canela. Con una cucharada de azúcar. O media. Lo que sí no duraría ni tres días sería el arroz, salvo que la Julia hiciera malabares para conseguirlo en el trabajo. O que trajera trigo, un poco de sémola, un puñado de morón.

—Eres la más trome en matemáticas, se atrevió a decirle Zegarra la semana anterior. Pálido y lánguido. Como si en su casa también escasearan los víveres. Consumiéndose de amor.

—Siempre me han gustado los números, le contestó ella, sin darle mucha importancia, pero asegurándole que lo ayudaría en el examen si él prometía hacer lo mismo por ella con la prueba de religión.

Al flaco se le iluminaron los ojos. Se le declararía ese día, esa tarde. O a lo mucho después del examen.

—Ahora ponte a estudiar, Charito. No vaya a ser que le pases mal las respuestas y los dos terminen en la dirección. Tú por burra y él por copión.

A Tatiana no se le escapaba una. Por eso había estado hasta las tantas memorizando esas fórmulas, practicando una y otra operación. Y Zegarra se había quedado esperándola mientras ella avanzaba en la fila para llegar a las puertas del camión. Maldita sea. Justo hoy tenían que venir a repartir los víveres. Con lo fácil que hubiera sido dejar que le viera el examen. Salir al recreo y sentir otra vez los latidos en el cuello, el pecho inquieto. Las manos sudando por Zegarra y sus piernitas flacas en la clase de educación física. Comiendo su pan con palta a la hora del refrigerio. Calladito y bien portado. No como los vulgares del salón. Siempre listos para hacerle una mueca desagradable, para lanzarle un chiste de doble sentido, una lisura, un piropo con mala intención.

Hubiera seguido pensando en él todo el día, acomodándose el cabello con las manos, tocándose los aretes, ensayando miradas atrevidas, media sonrisa, un beso a la salida. Pero el empujón de alguien de atrás la despertó en seco. Y los gritos de los vecinos, las voces de los soldados, amenazándolos con cerrar el camión.

Tres mujeres a escasos metros de ella acusaban a una niña de haberse metido en la fila para comprar su ración. La jaloneaban como un bulto de papas y ella defendía a manotazos y mentadas su lugar en la formación.

—Es la hija de la Mica, gritaba una de ellas.

—La madre ha puesto a sus dos hijas en la fila para recibir triple ración, sentenciaba otra, dispuesta a alejarla a patadas del camión.

Algo así había ocurrido hacía un par de meses frente a una tienda de abarrotes. La gente que esperaba en la fila comenzó a pelearse en la calle cuando los de adelante dejaron entrar a sus parientes y amigos. Ciegos de ira, los hombres y mujeres del barrio agredieron a los dueños y saquearon la tienda hasta que la policía desarmó el motín a punta de golpes, palos y tiros en el aire. Había salido en las noticias. Y era igual, igual a esto.

No supo si largarse de ese infierno o lanzarse como el resto a saquear el camión. Si cinco bolsas no eran suficientes, ¿cómo sobrevivirían sin nada por dos semanas? El pan era escaso. Y el camote. Los plátanos.

—Malditos, gritó una mujer en medio de la multitud.

—Hijos de perra, se atrevió a gritar otra frente a ella.

Y de pronto los cachacos se lanzaron contra la población. Con la fuerza de sus cuerpos armados. Golpeando a ciegas a los que tenían más cerca, sin importarles el llanto y los gritos, las súplicas de la gente que exigía su ración.

En balde intentaron cerrar las puertas del camión los que hacían el reparto. A empujones, mordiscos y arañazos las mujeres los hicieron a un lado. Se arrancharon los víveres de mano en mano hasta que todos cayeron en el suelo empapado de garúa y barro. Unos de pie y otros en el suelo, arrodillados, tratando de recoger en el regazo el arroz desparramado, terminaron con la leche pegada a la ropa húmeda. También en la cara y en la cabeza. Como cuando jugaban a la guerra en el salón, unos de terroristas y otros de soldados, y acababan llenos de tiza. Las chompas sin insignia. Las camisas sin botón. Un cero en conducta. En la dirección.

Todo sucedió en un instante. Cuando se dio cuenta del desastre, la gente comenzó a huir despavorida de las bombas lacrimógenas. Frotándose los ojos. Llorando de impotencia. O de rabia. La iban a expulsar. Maldita sea. Y la Julia le echaría la culpa por no llegar a tiempo al reparto. Sinvergüenza. Porque en medio de los empujones y arañazos la Reina de la Primavera sólo había agarrado una bolsa de leche abierta, y no sabría cómo dividirla para toda una quincena. *Arroz con leche, me quiero casar.* Pegada a la pared, lloró quedito por los golpes que le habían tocado en las piernas, en la espalda y la cabeza. Y por Zegarra, que ya habría encontrado quien le pasara las respuestas. Y por su poncho crema, que después de revolcarse en el suelo, era un fango de leche negra, llovizna y tierra.

Los trapos sucios

Entre mi ropa y mi cuerpo hay una mar que nostalgia
cada minuto que pierdo sin la savia de tu presencia

~Elia S. Temporal

Le daba pena morirse por esas fechas. Que nadie fuera al funeral por miedo a contagiarse. O que llegaran con sus mascarillas y se colocaran en algún rincón solitario. Sin poder abrazar a su mamá.

—Deja de pensar en la muerte, hija. Todavía puedes sanarte.

Su madre no dejaba de acosarla por las mañanas, a la hora del almuerzo, antes de volver a acostarla. El lunes la martirizaba con el cuento de que un médico naturista curaba el cáncer. El martes le daba brebajes extraños por recomendación de una vecina salvadoreña. El miércoles hacía planes para llevársela a Lima, donde un beato sanaba dolencias con la imposición de las manos. Y así se pasaba el resto de la semana, aplazando la partida.

Sabía que nada de eso la libraría del mal que la carcomía por dentro, pero le seguía la corriente para no hacerle más daño. Tomándose extractos de jengibre y zanahorias. Conteniendo las náuseas al ingerir unas gotas de sangre de grado diluida en agua tibia, tomando tés de cola de caballo.

Si hubiera hecho las cosas de otro modo, pensaba, mientras su madre le colocaba uno y otro trapo... si me hubiera atrevido...

Su soltería inquietaba a la familia. En Lima y en Estados Unidos.

—¿Por qué no se habrá casado Silvanita?, preguntaba alguna de las tías, anticipando las respuestas.

—Por no dejar sola a su mamá, contestaba Rocío.

—O porque no habrá querido.

—A mí me consta que la tía Cesarina le espantaba a los enamorados, comentaba la prima Judith.

—Eso dirás tú, pero nadie le ha conocido un solo pretendiente.

Era cierto. Los únicos enamorados de los que tenían noticia eran los que le inventaba la señora Cesarina.

—Hay un chileno que la persigue a todas horas. Pero Silvana no le hace caso. Y hace bien. Yo no digo que sea mala persona. Tiene ojitos claros. Buen porte. Es decente. Pero es lavaplatos. Y mi hija es arquitecta. Aquí no puede ejercer y trabaja en esa fábrica de condimentos, pero es una profesional. Y eso se nota. ¿Cómo se va a meter con un roto, patas en el suelo?

Silvana la corregía cada vez que le inventaba un romance.

—No digas esas cosas, mamá. Reinaldo es mi amigo y nada más.

—Eso me dijiste del otro y fue mentira.

Era una batalla inútil. En cuanto veía a alguien de la familia ya estaba contándole que se iba bien vestida a la fábrica y tenía que sacudirse a los fulanos que la perseguían.

—No sabes cómo la acosan a la pobre. Le voy a tener que comprar su botellita de Baygon para que se quite a todas las cucarachas de encima.

—Mamá, no inventes esas cosas. ¿Qué van a pensar las tías?

Le fastidiaba que la pusiera en evidencia, como si fuera una adolescente. Que insistiera en inventarle noviazgos para suplir lo que no tenía. Pero más pesaba el respeto, el temor, la lealtad que le había jurado desde niña.

—Es verdad, porfiaba la señora Cesarina. La semana pasada nomás la invitó un mexicano a bailar al Rancho. ¿Cómo se va a ir mi hija a dar saltitos ahí con esos bigotones de bota y sombrero que bailan quebradita? Olvídate. Para eso nos quedamos en Lima.

Lo decía convencida. Obviando que habían tenido la suerte de escapar del país en plena violencia. Que quedarse ni siquiera fue una opción para ellas.

Cuando escuchaban a la tía decir esas cosas, las primas arqueaban las cejas para no decir lo que todas intuían desde hacía años y que sólo cuchicheaban en la cocina, cuando la evidencia era obvia.

Alguien la había visto en Hollywood, caminando de la mano con una chica. O en Corona del Mar, compartiendo la misma toalla con una jovencita.

—Esos son cuentos, prima.

—¿Cuentos? Hay que ser bien ciega para no verlo.

Juliana la había encontrado en el cine con una mujer más joven que ella.

—¿No sería una amiga? ¿Por qué tienes que ser mal pensada? Yo también abrazo a la gente que quiero.

—Oye, ¿dónde has visto que dos amigas estén con las cabecitas pegadas, bien acurrucadas para ver una película?

No faltaba quién la defendiera en la familia, aunque de vez en cuando alguien avivara el fuego con algún comentario.

—Siempre ha sido medio machona la Silvana. Mira nomás cómo se viste, cómo camina la gorda, razonaba el primo Luis. El único día que se puso un vestido fue para mi boda y la pobre parecía un payaso. Con ese vestido floreado y el collar de la tía. Ella se ve mejor vestida de hombre. Con sus casacas de cuero y sus camisas abotonadas hasta el cuello.

Lo decían en voz baja para no darle un disgusto a la tía, pero lo pensaban y hasta hacían planes para ayudarla a salir del clóset.

—Si estuviéramos en Lima lo entiendo. Pero aquí, ¿a quién le importa lo que hagas con tu vida?

—No seas iluso, papito. Aquí todas estarían hablando a la hora de la misa. Todas las cucufatas que viven pegadas a la sotana del cura. Las viejas que se pelean por cambiarle la ropa a los santos, por hacer las lecturas y leer los salmos.

Silvana lo sabía. Por eso era discreta. Muy de vez en cuando se daba el permiso de salir con algunas chicas. Delgadas. Bonitas. Las divisaba en alguna fiesta, en una reunión de trabajo, pidiendo una cerveza en un bar. Y ahí, fumando un cigarro, animada por el alcohol, les pasaba una mano sutil por el hombro, una leve caricia por debajo de la mesa. Para luego llevárselas a un rincón donde nadie las acusara de marimachas.

Sólo una vez en todo el tiempo que llevaba viviendo en Canoga Park se enamoró hasta los huesos de una mexicana. Una rubiecita norteña, de ojos verdes, que la hizo perder la cordura. Yasmín Santos.

—¿Otra vez te vas con tu amiga a Los Ángeles?

—Sí, mamá. Pero vuelvo antes de la una.

—No me gusta que andes tanto con esa chiquita. Yo entiendo que sea tu amiga. Pero ya sabes cómo es la gente. El otro día Carmencita me preguntó por tu pareja. La gente es muy mal pensada. Tú ya eres mayor, pero hay que cuidarse. No hay que hacer cosas buenas que parezcan malas, hija.

Ella lo entendía, pero de todos modos se daba sus escapadas con Yasmín. A Lake Tahoe por una semana. A Mount Shasta. A la playa de Carmel, donde se quitaban los zapatos y caminaban descalzas. Siempre lejos, a varias horas de distancia de la casa para que nadie las criticara.

Pasó tres años felices con su amiga, pero siempre con el temor de ser descubierta, de que alguien la señalara o le fuera con el cuento a su mamá. Con la tristeza de no darle a Yasmín lo que más quería. Irse a vivir juntas. Formar una pareja de verdad. Tener hijos. Y un perro, chingada madre, sin tener que ocultarse de la gente como si fueran criminales.

La quería en serio. Y más cuando amanecían lejos de todos, fuera del tiempo. Cuando se pasaban una mañana tomando café en la cama, planeando el próximo viaje. Soñando con irse a Hawaii. O a las Islas Canarias. Escuchando canciones de otras épocas. Y la extrañaba cuando se pasaban tres, cuatro días peleadas, sin que ella pudiera contarle nada a su mamá.

Le dolió dejarla cuando le puso un ultimátum. Porque ya tenía treinta y cinco y quería ser madre. Empezar un tratamiento de fertilidad. Comprar una casa. Ser una familia como cualquier otra. Pero más le dolía darle una pena a la señora Cesarina que se había sacrificado tanto por ella. En Lima, trabajando a destajo en el Ministerio de Economía y Finanzas. Y en Estados Unidos, cuidando a esos niños que le habían destrozado la espalda. En Chatsworth y en Northridge, en todo el Valle de San Fernando.

¿Cómo le iba a hacer eso? Para Yasmín era fácil porque su familia estaba en Monterrey. Pero Silvana tenía a todos en Los Ángeles y el escándalo sería mayúsculo. No podía ser tan egoísta. Su madre sufría de la presión y podía darle algo de pensar que ella andaba revolcándose por ahí, en quién sabe qué catres, con otra chica.

Cuando comenzaron a destruirla los dolores abdominales, sintió nostalgia por el placer escaso de sus aventuras ocultas. Con Martha, una mujer de caderas exiguas y poca gracia que la hacía feliz con sus cremas volteadas y su aliento a melaza. O con Sandra, la poeta que anotaba sus versos en las sábanas. O con Corina, una muchachita traviesa que la mordía en la nuca para no marcarla y lloraba de placer cuando se amaban. De prisa. Desesperadas.

Cincuenta y tantos años echados al tacho sólo por complacer a la señora Cesarina. No le fuera a dar un infarto. Para que la vida se acabara así. Con sangrados incesantes, calambres en el estómago y mucho cansancio. Por la obesidad, según uno de sus médicos. Por los pólipos que no le retiraron a tiempo, al parecer de otro. O tal vez, en palabras de una tía agorera, por no haber tenido hijos.

Le hizo caso hasta el final, cuando la quimioterapia la dejaba blandengue, ahogándose de vómitos y náuseas, tirada como un trapo en el sofá, abrigada con su colcha de alpaca. Sus guantes y su gorro de peluche para defenderse la calva.

—Tú te vas a curar, hija, insistía a pesar de verla en la última lona. Dios, le repetía, tiene la palabra final.

Y se ponía de rodillas al lado de su cama y la obligaba a rezar el rosario. Otra vez. Con todas sus letanías. Pidiéndole a la Madre siempre virgen, a la Madre inmaculada, a la Madre amable y a la Virgen prudentísima que sanara a su hija, a cambio de una serie de penitencias por el resto de sus días.

Recostadas una al lado de la otra en el sofá, enfundadas en sus polainas y babuchas de lana, parecían una pareja de muchos años, dos mujeres cansadas de tanto bregar. Cumpliendo al pie de la letra la promesa de apoyarse en la salud y en la enfermedad.

Cuando hacía un poco de sol sacaban dos sillas a la puerta del apartamento que alquilaban. Y allá afuera recibían a las primas y a las tías que no dejaban de acompañarlas con sus mascarillas. Llevándoles algún antojo. Una sopita a la minuta. Una causa de pollo. Unos alfajores con manjar blanco.

Poco importaba que la gorda ya no comiera nada de eso. Ellas seguían visitándola con esos platos y los acomodaban a sus pies como una ofrenda, aunque la tía Cesarina terminara regalando la comida a los vecinos de arriba.

—Estás regia con tu peluquita, prima.

—Mírala toda coqueta con esa blusa lila y ese chal de la tía.

—Pareces una artista, Silvanita.

—Como te descuides, en cualquier momento viene un pata y se la roba, tía.

Con las pocas fuerzas que le quedaban Silvana sonreía. Vestida como su madre hubiera querido vestirla toda la vida. Con una peluca rizada que en nada se parecía a su melenita de hombre. Cortada a navaja y desordenada desde el principio de la vida.

—Sobre mi cadáver. ¿Por qué crees que no la descuido ni un instante? Aquí me siento con mi palo no vaya a ser que venga un tipo y se la lleve al baile.

Eran cuentos piadosos para animarse y sentirse unidas, aunque no pudieran tocarse desde hacía más de un año por culpa de la pandemia.

Sólo cuando la vio grave se atrevió a llamar a la amiga. Sabiendo que le quedaban unas horas, un par de días antes de que empezaran a fallar otros órganos, como se lo advirtieron los médicos en la última visita.

La vistió con sumo cuidado para no hacerle daño. Con su ropa más fina. La acomodó en la cama e insistió en maquillarla.

—Déjame que te arregle, hija, para que tu amiga te vea guapa. Un poquito de rímel. Unas sombras. Unas chapas.

Quiso decirle que no hacía falta. Yasmín la conocía vestida y desnuda. Sin esos ropajes y pinturas que le daban otra apariencia. Pero la madre no consintió que hablara.

Y cuando intentó decirle que era lesbiana, se arrodilló otra vez. Para rezarle a la Virgen clemente, a la Virgen fiel, Auxilio de los cristianos, Reina de todos los santos.

Le puso el tapabocas. La besó con amor. Y dejando el rosario en sus manos suspiró.

—No te agites, Silvana. Hay cosas que es mejor no contarlas. Los trapos sucios, hija, se lavan en casa.

Vivir la muerte

Ninguna vida humana es más larga
que los últimos segundos de lucidez
que preceden a la muerte

-Juan José Saer

Siempre pensó que la encontraría en un pueblo perdido de la sierra. Con sus casas de adobe, un puente de piedra y una iglesia de dos torres. Imaginó tantas veces el encuentro que sabía por cuál de sus calles retorcidas la vería bajar. Lo que se dirían al verse y abrazarse como si tuvieran un mundo que conquistar.

—Está vivo, grita alguien frente a él.

—No lo muevas, ordena otra voz, al ver el charco de sangre a su alrededor.

Llegó a sentir la muerte mucho antes, cuando le cosieron el cuerpo a balazos y él, invencible como un gato, la libró de milagro. O cuando le volaron las muelas inferiores, un trozo de cara y media oreja con un fierro de construcción.

Tú no cambias, le reclamaba su madre. En la posta, en la sala de emergencias y en el centro de rehabilitación de donde se escapó en tres ocasiones hasta que lo botaron por dejar en coma a uno de los enfermeros. Sólo te pido un favor. Muérete bien. Muérete lejos. Que no me llamen otra vez para recogerte como un Cristo, para sacarte de la cárcel y curarte las heridas que te hacen en la calle.

Los ojos no le responden. Ni la voz para decir que está vivo. Recuerda vagamente el impacto de un camión verdulero contra el colectivo en el que iba a trabajar. A las seis de la mañana. En la Carretera Central.

—Maldita la hora en que se me ocurrió criarte, escucha con nitidez.

—Maldita tú, contesta antes de dar un portazo, de inyectarse lo que sea o comprar pastillas y ácidos de los que ya no puede librarse.

—Te fío, le decía su contacto, porque siempre pagas. Pero estás hecho una mierda, Juan Pablito. Mira cómo tiemblas. Lo único que te falta meterte es un perro por el culo. Y así no serás bueno ni para el Diablo.

Le hubiera gustado verla y preguntarle por qué lo regaló. Lo pensaba cada vez que se maleaba en el hueco hasta que flotaba por encima de todos. Cuando lo invadía la risa compulsiva o el llanto intermitente y tarareaba *El pirata*, sin que nadie lo entendiera. *Yo no quiero una tumba. Ni una cruz. Ni coronas...*

Sabía lo básico. Su madre había servido en esa casa y lo dejó ahí porque no podía tenerlo. Fue la historia que le contaron a los diez años, cuando creyeron conveniente revelarle su origen.

—Si Dios no lo ha querido, Celia, por algo será, le hacía ver su marido. Ya estamos viejos para meternos a criar a un muchacho que quién sabe qué genes tendrá. Te vas a encariñar con el niño y lo vas a lamentar.

—¿Cómo puedes ser tan cruel? Le reclamaba. Ya hubiera querido ella. Aunque sea uno. Y la muchacha se lo quiere regalar. En su pueblo no saben nada. Y si se enteran la van a matar.

—Te vas a meter en un problema de este tamaño. Olvídate de la chola y bótala.

Con el cuerpo destrozado en el asfalto, la busca en cada rostro desconocido. Con ternura o desconcierto. De camino al colegio. Jugando pelota. O con odio y asco. Porque esa india podría ser su madre. O esa otra de trenzas renegridas. La ve parada frente a las casas donde necesitan muchacha. Subiendo escaleras de caracol para tender la ropa.

La escuchó quejarse a medianoche por el tragaluz del segundo piso. Acababa de orinar cuando oyó su llanto en el techo.

No les dio tiempo de llevarla a la maternidad. Cuando subieron al cuarto de servicio, ya estaba por dar a luz.

—Tiene buenos pulmones, celebró la vieja partera a la que llamaron de emergencia. Puso al niño en los brazos de la patrona y al salir se atrevió a jugar con su amigo de toda la vida. ¿Seguro que no es tuyo, sinvergüenza? Yo te guardo el secreto, Carlitos, pero no por mucho tiempo. Los negados salen igualitos. Se rieron juntos, pero él ya no supo si volver a la azotea o encerrarse en su habitación.

No tenía un solo pañal. Ni una gasa. Celia lo envolvió en unas sábanas limpias, rasgadas en ese momento para protegerlo del frío.

Cuando lo detuvieron por vender unas alhajas suyas, se puso a llorar como el día que lo encontró abandonado en una batea. O cuando volvió del colegio humillado porque en el patio le gritaron "recogido". Que ni cagando esos señores eran sus papás. Ni sus abuelitos. Perdóname, mamá, suplicaba arrepentido, dejándose insultar. Con la mirada en el piso y la ropa húmeda de pasar la noche a la intemperie. Ella lloraba por haberlo criado mal, por consentir que le dejaran al muchacho a los ocho días de nacido.

—Si tu papá viviera, le decía entre manotazos y cachetadas, me diría que no te saque.

De nada sirvió mandarlo a un colegio de paga. Ponerle tutores particulares de química y matemáticas, o escribirle las composiciones de lenguaje para que no lo jalaran a fin de año.

Nunca supieron cuándo se perdió. Tal vez a los catorce, cuando su padre aún vivía y lo llamaron del colegio porque estaba fumado con otros chicos en uno de los baños. O antes, a los trece, cuando empezó a reprobar un curso tras otro sin importarle los castigos impuestos. Ni un correazo ni la suspensión de las propinas semanales. Pégale, le decían sus amistades. Pero ya era un caso perdido y se curtió más con el látigo de tres puntas que compraron para enderezarlo.

Los odiaba por haberlo arrancado de los brazos de su madre. Los maldecía y los arrinconaba en la cocina. A veces con un cuchillo en la mano. O con el puño en alto. Sobre todo a la vieja. Por antojarse de un niño ajeno. Se drogaba por ser el criacho, el bastardo. En el hueco era igual a todos los drogos, aunque fueran indios o blanquiñosos. Tirados en el suelo, con los ojos perdidos en el infierno, volaban a otras latitudes lejos de todo mal. Poco le importaba despertar en cualquier parte. Empapado por la garúa. Calato a media calle.

Contaba en sus horas de terapia en grupo que el sobrino del Padre Paquito les fio a él y a sus amigos los primeros tronchos. Otras veces lo iniciaba en el vicio María Elena, su primera enamorada, en su cumpleaños. O todo era culpa del viaje de promoción. Así matizaba la historia de su adicción de acuerdo a la concurrencia, aunque casi siempre ganaba el relato en que sus patas lo obligaban a fumar en la última fila del Cine Colón donde se metían de contrabando. A hacerse una paja. Y el que no lo hacía era maricón. Contaba esto último siempre que había una chica en el salón, mirándola de reojo, mordiéndose el labio inferior y acomodándose la bragueta en cámara lenta.

—Ese cholo te está matando a pausas, le decían sus amistades. ¿Qué más quieres que te robe? ¿De dónde más lo vas a sacar?

Se acostumbró a defenderlo de todos. Y a mimarlo más cuando su marido lo amenazaba con quemarle las manos si volvía a robar. Lo defendía de los guardias que lo maltrataban en la cárcel. Por asaltar a una chica universitaria en el paradero de la 92. O porque lo habían encontrado con una bolsa de hierba o algo peor. Es mi culpa, decía ella. Y el viejo se daba la vuelta con su andador para no tener que darle la razón.

Nunca se sintió igual a los otros, confesó cuando estaba interno, donde a cambio de una mensualidad exorbitante y un contrato firmado, prometían ayudarlo a volver a vivir. Ustedes no saben, les decía en voz alta, lo que es ser un extraño en tu propia casa. Saber que eres el hijo de la empleada, que te tienen lástima. Sentarte a comer y que el señor de la casa te mire con desprecio. Que tus tíos hablen de ti como el cholito suertudo. Ya quisieran otros vivir en una casa bonita, estar bien vestidos. O como el cholito igualado, si osaba contestar mal a los insultos de mis primos. Cholito para arriba y cholito para abajo. Cholito, cómprame un cigarro, en vez de mandar a uno de sus hijos. Cholito quita esto de aquí, como si fuera uno más del servicio.

Y ella lo consentía. La vieja de mierda. Con su vocecita de beata. Sus blusitas de cuello alto y su rosario. Lo dicen de cariño, hijito. Tú sabes cómo son tus tíos. Y a los chicos no los provoques. ¿Cómo les vas a mentar la madre? Nosotros somos una familia decente y ellos son tus primos.

Le hubiera gustado conocer a su familia de verdad. Saber si tenía abuelos o hermanos. Si su madre se había arrepentido por decirle "se lo regalo, señora". Si servía en alguna casa o si había vuelto al cerro Corocotoy, según sus compañeros.

Busca a tu madre, le dijo poco antes de internarse en una residencia para ancianos. Yo ya no puedo hacer nada por ti. Estaba cansada de sus maltratos, de recuperar sus cadenas y sortijas para perderlas otra vez. O el televisor. La licuadora. Hasta las sábanas y las colchas. Los platos, los cuchillos y las ollas.

—Vieja de mierda, alcanzó a decirle antes de darle otro empujón. Lo haces para dejarme en la miseria. Y ella se levantó como pudo para llorarlo, para recordarlo con su chullo y su poncho en un retrato de cinco o seis años. O cuando lo curó de paperas con emplastos de llantén. Adolorida, se sentó a la mesa donde le enseñó sus primeras sílabas. *Mi ma-má me a-ma. Mi ma-má me mi-ma.* Y se aferró a esa imagen y otras más, en la playa donde hizo sus primeros castillos, para no olvidarlo jamás.

La encontró sin mucho esfuerzo, gracias a un contacto en el Registro Nacional de Identificación. Vivía cerca. En una villa a donde llegaba el nuevo metro de la ciudad.

Cuando entra al dormitorio, le cuesta creer que sea su mamá. Acomodada en el centro de una cama cualquiera y atiborrada de almohadones, es una triste muñeca en el desván.

Quiere contarle que la encontró hace tres años, pero quería limpiarse primero. Otras veces pensaba ya para qué. Si la señora de ojos esquivos y cejas profundas del documento de identidad era una total desconocida.

Tiene la piel pálida. Los cabellos descoloridos. Es un manojo de huesos inválidos con la mente perdida en otros confines.

—Mamá, le dice al abrazarla. Trabajo para una fábrica. Como guardián. Mira mi uniforme. ¿No me reconoces? Soy tu cholo, mamá.

Y entonces lo identifica. Por el tragaluz. Lárgate, le dice. Lárgate y no vuelvas. Llévate a ese bastardo, maldita sea. A mí no me vas a cargar ese hijo. Mierda.

Quiere gritar por última vez. Correr detrás de ella con sus botines ortopédicos. Tirar la mochila al suelo. Los libros y la agenda. Besarla. Abrazarla si quiera. Pero la llovizna lo ciega. Las piernas le pesan como si llevara cadenas. Ya es tarde, escucha. No lo muevas.

Segundas nupcias

—Cásese conmigo, Don Meñe. ¿Quién lo va a cuidar mejor que yo? Usted necesita que lo atiendan, que lo engrían. Y las nueras a lo mucho le traerán de vez en cuando un plato de comida. Hágame caso y ganamos los dos.

Lourdes había llegado a su casa dos años antes, cuando murió la Raquela. Para limpiar, lavar la ropa, dejarle algo preparado en la nevera. Al principio le fastidiaba que estuviera ahí, bailando con su escoba. Abriendo armarios, desempolvando todo. Luego se acostumbró a su presencia. Al deje de su tierra. No sabía dónde estaba Bolivia, pero la imaginaba como ella. Gorda y morena. Con brazos capaces de mover cualquier mueble, espaldas invencibles y piernas todo terreno. Muy distinta a las mujeres del pueblo con sus faldas largas, sus blusas hasta el cuello, quitándose el turno en la peluquería de la sorda para que las dejaran con esas canastas de paja en la cabeza. Tiesas, voluminosas.

—¿Cómo te vas a casar conmigo, muchacha? Tú necesitas un hombre joven. No un viejo que te estorbe.

—Con jóvenes no quiero nada, Don Meñe. Ya aprendí la lección con el padre de Viridiana.

La propuesta de Lourdes era tentadora. Lo pensaba mientras quitaba los hierbajos alrededor de las berenjenas. Y las veía lustrosas. Moradas. Llenas. Cuando palpaba los calabacines de buen tamaño, o al meter las manos en la tierra para encontrar duras, húmedas, las patatas de la primera cosecha.

Mierda. Le hubiera gustado tener diez años menos. Estar en condiciones. No vivir en ese pueblo del demonio, donde hablarían de él y la extranjera. Míralo al sinvergüenza. Tanto que lloró por la muerta. No lo dejarían en paz a la hora del dominó. Pásanos el secreto, Meñe. Préstamela una mañana para que me limpie la bodega. Y el cura del pueblo no tardaría en tildarlo de hereje.

Sólo por hacerlos rabiar se imaginaba la boda en el juzgado, y le entraban unas ganas locas de decirle a la Lourdes que bueno.

Los hijos perderían el juicio. ¿Cómo te vas a casar con una sirvienta? ¿No ves que se quiere quedar con tu dinero? Se está aprovechando de ti porque te ve viejo. Ten un poco de cabeza, papá. ¿Qué va a decir la gente del pueblo?

Se harían los dignos el Mario y el Beto. Ellos que sólo pasaban a fin de mes para darle las cuentas del almacén. Era el único requisito que les había impuesto cuando se vio viudo y sin fuerzas para seguir al mando del negocio, y ellos lo aceptaron al vuelo, pensando que el viejo cascarrabias no llegaría a las fiestas del Pilar.

—Cásese conmigo, Don Meñe.

Quería conseguir la residencia y se lo había dicho bien claro. Los dos nos beneficiamos. Yo lo atiendo, lo cuido hasta que Dios se lo lleve con su difunta. Y cuando se muera, agarro a mi hija y me largo.

Había llegado al pueblo para trabajar en la cocina del restaurante rural, recomendada por una paisana. En Madrid todo era muy caro. Había perdido el trabajo otra vez. No podían seguir de arrimadas en una sala.

Cuando se bajaron del autobús, con sus dos maletas y una caja de cartón, la madre y la hija de siete años se abrazaron con fuerza.

—Aquí nos irá bien, corazón. Haré lo que sea para triunfar en estas sierras.

Se lo decía en voz alta haciéndose a la idea de quedarse en ese pueblito de calles adoquinadas y escasos habitantes. Con sus casitas de piedra y adobe. Balcones diminutos. Y geranios.

A los pocos días de trabajar en la cocina comenzó a ofrecer sus servicios de limpieza. De lunes a sábado, antes del mediodía. Y los domingos después del turno de la comida.

Se hizo de tantas clientas que tuvo que negarse cuando la nuera de Don Meñe le pidió que atendiera a su suegro una vez por semana. Ya no puedo, señito, mire cuánto trabajo tengo y a mi niña casi ni la veo. Me es difícil, le alegó un par de veces, hasta que hizo sus cálculos y aceptó. Por el viejito que no sabía ni freírse un huevo. Menos limpiar bien los suelos, los baños, dejar relucientes los cristales.

—Está todo manga por hombro, le explicó el primer día, con cierto pesar. En la buhardilla hay trapos, cosas de limpieza, líquidos que dejó mi difunta.

—Usted no se preocupe, Don Meñe. Váyase a hacer sus cosas y yo me encargo.

No confiaba en la forastera, pero tampoco tenía mucho de dónde escoger. Lourdes era la cuarta que había llegado al pueblo en menos de un año. La amiga que la había traído cuidaba a la dueña de la posada, otra atendía en el supermercado y una más, Mari o Chari, trabajaba en el horno de Máximo haciendo el pan.

Cuando volvió de podar las moreras de la parte de atrás supo lo mucho que extrañaba a su mujer. Lourdes había abierto puertas y ventanas. Olía a limón por todas partes y en uno de los baños daba vueltas la lavadora, feliz de que alguien la pusiera en marcha.

—No he podido terminar con todo, pero ya me tengo que ir al restaurante, se disculpó al cerrar la reja de la calle.

—Déjame que te pague, mujer.

—Págueme la semana entrante.

Así comenzaron a tratarse. De miércoles a miércoles y a veces los fines de semana, cuando se aparecía con su hija y la dejaba haciendo sus tareas en la mesa de la cocina, o leyendo en el banco de los almendros.

Al darse cuenta que a Don Meñe le gustaba comer de cuchara, empezó a dejarle guisos de pollo y lentejas, caldos de pescadilla y sobre todo hervidos, con las zanahorias y las judías tiernas. Con poca sal. Sin nada de grasa.

Él, en cambio, le tenía siempre lista alguna longaniza, una morcilla. Huevos frescos. Y panceta. Por el gusto de verla desayunar a sus anchas, mientras él la acompañaba con un par de galletas sosas o un bizcocho del día anterior.

—Es una buena mujer, le contaba al cantinero que había sido su amigo desde la infancia. Y no son cuatro sino miles los bolivianos estos que andan trabajando por toda España.

—¿No será que te estás enamorando de la chacha?

No era eso. Aunque le tenía más cariño que a las nueras que mandaban a sus hijos para llevarse los productos de la huerta. Y a la niña, idéntica a la madre, con sus trenzas largas, negras, la esperaba con algún dulce en el bolsillo, galletas de animalitos, o un helado de turrón.

—Me la está malcriando, Don Meñe. Se van a poner celosos sus hijos. Se lo decía jugando, probando su cariño.

—De esos no te preocupes. Los perros no ladran mientras los dejas que te chupen el hueso. El almacén es el único del pueblo. Se están forrando esos ingratos con todo mi esfuerzo.

Le dolía haberse partido el lomo por ellos y que ninguno hiciera el amago de llevarlo a su casa. Para comer en familia, celebrar un cumpleaños. No había sido él de abrazos ni besos. Pero los había mantenido. A gritos tal vez, con un latigazo. Poniéndoles mala cara por vividores, por zánganos. Exigiéndoles que trabajaran, sinvergüenzas, aunque la parienta le recordara lo mucho que les había costado tenerlos, después de perder a otros dos en el parto.

Lourdes era todo lo contrario. Una risa escandalosa. Ojos persuasivos. Y eso que venía escapando, le contaba al pie de la escoba, de unas pobrezas terribles y maltratos.

—Lo único que quisiera es arreglar mis papeles, se atrevió a tantearlo una mañana cualquiera. Por mí, por Viridiana. Para volver a mi casa y abrazar a mi madre. Es muy feo, Don Meñe, vivir como presa. Pensando que en cualquier momento te agarran de los pelos y te deportan sin viaje de vuelta.

Él no sabía de papeles ni residencias. Toda la vida había vivido en la misma casa, frente a una cuñada que no le hablaba. Junto al Sapo Torres. Detrás de la Manuela. Pero entendía, cuando la veía marcharse por la puerta, con su vestido de colores, que debía ser duro dejarlo todo por buscarse un futuro en otro mundo. Compartir un piso en Madrid con otras cinco extranjeras. Limpiar casas. Fregar platos en un restaurante. Y cargar con su hija de un lado a otro, hasta llegar a ese pueblo perdido en la sierra.

—Si hubieras llegado unos años antes, le contestó al cabo de ocho días, te aceptaba de inmediato.

Le habría gustado. Acabar con los pleitos diarios por los hijos, las deudas, los gastos, y las quejas que le daba la Raquela al llegar del almacén. Lo pensaba a la hora de la siesta, cuando tiraba un portazo para que lo dejaran dormir. Y en la noche, al oírla roncar a su lado, soñaba que la pobre se moría de repente, de un mal desconocido, y él rehacía su vida con una joven. Dulce y atractiva. De pechos generosos. Cariñosa como esas que él veía en otros villorrios cuando iba con el camión a repartir ladrillos y cemento.

—Nunca es tarde, Don Meñe. Si se apura hasta nos da tiempo de irnos de luna de miel.

Lo decía convencida, aunque la amiga quisiera disuadirla, inventándole al viejo todo tipo de mañas y detalles. Olores rancios. Mal aliento. Una familia que le prendería fuego a ella y a su hija. Estaba decidida. Dispuesta a aguantar lo que fuera con tal de lograrlo.

Él se reía de sus planes futuros. De pensar en lo mala que es la convivencia. Tenía gracia la Lourdes para proponerle casorio sin tomar en cuenta sus años. Visibles en su andar y sus caídas. En la tensión que debía controlarse por las mañanas y las tardes. Los ataques de ansiedad. El dolor en las cervicales. O el cáncer de próstata, y esas pastillitas que para contener su crecimiento le habían engordado las tetas.

¿Y si le decía que bueno? Alguna vez había leído en el periódico que los viudos sobreviven a sus difuntas entre dos y cinco años, mientras ellas viven hasta veinte o treinta después de enterrar a sus viejos. Sólo aquellos valientes que se casaban en segundas nupcias vivían más tiempo, burlando los achaques del cuerpo, los desgastes de la mente y otros males causados por la soledad, la falta de ejercicio, la depresión y la inapetencia.

Haciendo sumas y restas con los pronósticos del médico, el tiempo que llevaba en el cementerio su muerta y las infusiones que bebía en ayunas para fortalecer la salud, le quedaban dos años hábiles. O un poco más si se casaba con la Lourdes y le caía del cielo una tregua.

No lo mortificaba la incapacidad de acostarse con ella. Sino joderlo todo por la maldita residencia. Que descubriera que meaba tres o cuatro veces por la noche. Que era estreñido y hacía de vientre leyendo. Con lo bien que estaban los dos contándose sus vidas cada semana, él quejándose de los hijos y ella de los trabajos en la cocina, para que una mañana descubriera su dentadura en un vaso de agua, sus calzoncillos mugrientos. Que la grasa de su calva manchaba las almohadas.

—Decídase, Don Meñe, no vaya a ser que venga otro y lo gane.

—No me tientes, muchacha. Que si me animo, vas a salir trasquilada.

—¿Acaso cree que soy tan mansa?

Le gustaba que lo picara con esa seguridad, con voz de mando, apropiándose del espacio. ¿Qué tanto se lo pensaba si cada día que dejaba pasar era un día menos en la recta final? Si la Lourdes los tenía bien puestos para casarse con un viejo, ¿por qué se hacía de rogar?

Estuvo perturbado largo tiempo, con un nudo en el estómago y nuevas crisis de nervios. Hasta que lo supo con total claridad.

Van a decir que soy un viejo verde, que me estoy aprovechando de una pobre muchacha, pensó otra vez un miércoles a las seis de la mañana, al recortarse los bigotes con unas tijeras de metal. Sin reparar que hablarían más de ella. Por engatusarlo. Dirán las víboras de la iglesia que la Lourdes me va a cambiar los pañales, murmuraba entre dientes, riéndose de su maldad, pensando en las caras que pondrían los hijos y las nueras. Tintándose con una vieja escobilla las cejas y los cuatro pelos que le quedaban en la cabeza.

Cruzó la carretera con paso firme, aguantándose los dolores agudos del bajo vientre y las entrañas. Esas punzadas malignas que le marcaban las horas desde que la Lourdes le pidió que se casaran.

Ahí estaba ella, triunfante. Esperándolo. Sin más testigos que su amiga, una vecina y Viridiana.

—Pensé que me iba a dejar con los crespos hechos, Don Meñe. Ahora veo que se estaba arreglando.

Era un manojo de nervios. Le temblaba el traje, oloroso a naftalina y ramitas secas de lavanda. Quería llevársela así, a toda carrera, apurar las noches de boda y el mañana. Que firmaran los papeles de una vez y planearan la vida sobre la marcha. Sin pensar que la Lourdes ya tenía todo en regla. Desde hacía años. Y llevaba bien su cuenta de las horas y los días que le había calculado.

Pena de muerte

*To die laughing must be the most
glorious of all glorious deaths*

~Edgar Allan Poe

No había nada qué pensar. Cuando supo que sus hermanos trasladarían los restos de su padre a la capital, metió dos mudas en la maleta, dispuesta a viajar esa misma noche a la sierra.

—¿Cómo te vas a ir al pueblo, mamá? No eres consciente de la edad que tienes, trató de disuadirla el hijo mayor por teléfono.

—No te estoy pidiendo permiso, Andrés. Sólo te aviso por si llamas y no me encuentras.

—No seas caprichosa. ¿Qué ganas con hacer ese viaje tormentoso si de todos modos lo van a traer a Lima?

Ella sabía su cuento. Quería ver a su padre cuando abrieran el ataúd. Encontrar ahí, entre sus huesos, el eco de su voz. Su risa extinguida en ese cajón de madera.

Había hecho esa travesía muchas veces y casi siempre en época de fiestas. Pero hacía años que ya no iba. Sin parientes ni amigos, ya no tenía caso ir a pasar una semana a un pueblo alcoholizado, entregado a sus corridas de toros y peleas de gallo. Menos cuando el cuerpo comenzó a sentir los latigazos de un viaje tan largo. De quince o veinte horas. Por caminos poco seguros. Llenos de baches. Y atracos.

Tenía quince años cuando le dijeron en casa de su abuela que su padre había muerto. Dos meses antes. Su madre le había escrito a los pocos días de enterrarlo, pero la carta se extravió en el camino. O llegó a tiempo y se traspapeló con otros documentos. Nadie se dio cuenta de su presencia, hasta que la empleada la descubrió con sus sellos intactos.

En un papel de oficio y con letra temblorosa explicaba su madre que no había estado bien los últimos meses. Volvía fatigado del trabajo en el campo, con la boca seca y una sed incontenible. A veces con náuseas y vómitos. O dolor estomacal. Cuando por fin se dejó examinar por el boticario del pueblo, supieron que Don Hildebrando era diabético y debía cambiar de dieta. Aunque era delgado, tenía una úlcera. Debía trabajar un poco menos. Delegar. Llevar una vida más ligera.

Trató de hacerlo por un par de días. Pero sufría sin los cuyes fritos y el chicharrón, la chicha y el cañazo. No pudo quedarse en casa sabiendo que debía dirigir la cosecha. Y a los quince días ya no pudo levantarse. Por las fiebres. La fatiga extrema. El médico provincial que por fin llegó a atenderlo decretó de inmediato lo que ya temían en la comarca. Don Hildebrando moría de tifus y apenas cerrara los ojos debían enterrarlo. Sin velorio. Ni misa de cuerpo presente. Para no contagiar a sus hijos, a los peones, o a los vecinos que entraban y salían de casa intentando revivirlo. Con emplastos de llantén. Infusiones caseras. Y letanías. Y novenas.

Se quedó dormida en el autobús hacia la medianoche, con el mismo dolor de sus quince años, queriendo abandonar todo para llegar al Cementerio General. Para desenterrarlo y llevárselo a casa.

—No conviene que pierdas el año, la convenció la abuela. Tu padre ya está muerto. Y el tifus sigue siendo un peligro en toda la región. Más por esos caminos insalubres. Termina tus estudios y yo misma te acompaño.

No era lo que quería, pero estaba bajo su tutela desde hacía dos años y debía obedecer. Ese había sido el pacto con el padre. Te vas para estudiar la secundaria. Pero a la primera que me den quejas tuyas te regresas a trabajar con tus hermanos.

Tal vez por eso llevaba varias semanas soñando sueños que no había no soñado jamás. Despertaba a gritos, con la voz del padre llamándola desde el centro de una chacra. Con su sombrero de paja y la hoz en alto. O con los brazos abiertos. Inmóvil. Con un cuervo posado en el hombro derecho. Cuando lograba llegar hasta él, su rostro ovalado se deshacía en una sombra fantasmal. En susurros imposibles de descifrar.

Cuando volvió a casa, después de casi un año, la encontró envejecida y llena de ecos. La madre había teñido su ropa de negro y los hermanos contaban una y otra vez cómo deliró los últimos dos días hasta que se quedó quieto. Todos habían oído algo. En una competencia de anécdotas, contaban Martín y Nazario que una vez al mes el padre los seguía visitando. Por las noches, cuando todos estaban dormidos, se oían sus pasos. Carmen aseguraba que el papá le escondía las ollas en la cocina. La empleada veía su silueta en la pared cada vez que encendía las velas. Y Consuelo no podía dormir sola porque su espíritu le movía el bacín, le apagaba la lámpara o cantaba quedito detrás de la cama.

Leticia y su padre desconfiaban de esos cuentos. Cómplices hasta la médula, se burlaban a la hora de la comida de la ingenuidad de las tías y vecinas que a falta de diversión inventaban idioteces. Que las almas penan y recogen sus pasos. Que se despiden de sus seres amados y hay que rezar por su eterno descanso. O hacer lo que te pidan, en determinado plazo.

Si su padre pudiera, pensaba a la luz del candelabro, saldría del cajón para meterles un sopapo. Pero no pudo cortarles ese último hilito que templaban como un péndulo para sentir su presencia. Menos podía hacerlo con su madre que también contaba cosas parecidas o peores. Que los cuatro hombres que cargaron su cajón al cementerio escucharon un suspiro profundo y desgarrador. O que el sepulturero lo oyó quejarse toda una noche. Como un gatito. Hasta que amaneció.

—Son tonterías, hija, repetía en la mesa cuando llegaban a casa los rumores de la muerte, y aunque su mujer lo criticaba por incrédulo, él no cedía un milímetro. La gente en estos pueblos es muy fantasiosa. Las viejas atosigan a los muertos. Están esperando que penen para salir a contárselo a la vecina.

—Dios te va a castigar, lo amenazaba Matilda. Con la muerte no se juega, Hildebrando. Y eso a él le daba más risa. Ver que su joven esposa seguía empeñada en que sus siete hijos salieran a ella. Que rabiara en el portal y se pusiera colorada por una pequeñez. Y nada más.

Claro que eran tonterías, volvió a pensar cuando el autobús paró al lado de la carretera para que los pasajeros fueran al baño y comieran algo. Si todo lo que contaban era cierto, ¿por qué nunca se le había presentado a ella? Y eso que lo había buscado como loca. Debajo de la escalera. En algún cuarto cerrado. Con la luz agonizante de una vela. Sólo para convencerse en la penumbra que todo era una quimera.

Tenía al tayta presente a diario. Cuando preparaba un potaje de los que a él le gustaban y lo imaginaba a su lado. Chupando su hueso, comiendo con las manos. Cuando entonaban alguna matarina y rasgaban las guitarras o tocaban el tambor, como el viejo solía hacerlo. Y lo veía calcado en su hijo menor. Alto y flaco. Con el hambre del abuelo. Las manos a la cintura y el mismo remolino en la cabeza. Pero jamás había visto su aura ni escuchado su voz, como juraban sus hermanos aun de viejos.

Sintió gran alivio al despertarse con el frío seco de la cordillera, al lado de los temidos precipicios. Al pasar por las minas que habían hecho famosa a su región recordó de pronto un reportaje siniestro. Ocho o diez años antes habían exhumado varios cuerpos momificados de forma natural. Según el informe publicado en toda la república, el frío extremo, la sequedad, los vientos helados y los metales presentes en el agua habían sido los causantes de este proceso horroroso que puso a los pueblerinos en estado de fiesta. Porque volvían a ver a sus parientes igualitos, después de años. Con sus gestos y manos en oración. Con la ropa que llevaron puesta para irse al otro barrio.

Su madre, ya en silla de ruedas, pero en todos sus cabales, dio por veraz la noticia. Eso se sabe desde siempre. Por los saqueadores de tumbas que al abrir los cajones debían luchar con las momias para arrancarles las cadenas y sortijas.

No podía ser cierto, se convenció de inmediato, apartando de sí el temor de verlo completo. El viejo tenía razón. La gente de la sierra tiene mucha imaginación, hija. Se pasan los días hilvanando sus cuentos para salir a contarlos después de misa.

La recibieron los tres hermanos en la estación de autobuses. Felices de estar juntos para llevar los restos del patriarca a descansar con los de la mamá.

Sólo tuvieron tiempo para un breve almuerzo y descansar en "El cuarto del rescate", un hotelito apolillado, a punto de desmoronarse. Las únicas parientes vivas eran tres hermanas solteronas que los invitaron a pasar por la tarde. Para conversar con rosquitas y chocolate. De los derrumbes y las lluvias. De los que se habían ido a la costa. O los que murieron en años recientes. Hablaban del tío Hildebrando como si lo hubieran visto ayer, repasando sus chistes y gracias. Riéndose con los ojos cerrados, hasta el llanto.

El pueblo sin fiesta era una tumba glacial. Las calles estaban desangeladas, polvorientas. Las pocas personas que aparecían por alguna esquina lo hacían a toda carrera, enfundadas en sus ponchos y mantas de alpaca. Huyendo como almas en pena del mundo gélido.

Le costó dormir esa noche. Se dio vueltas pensando que había hecho bien saliendo del pueblo, llevándose a la familia a la capital. ¿Qué hubieran hecho todos ellos en esas casas de techos altos y olor a ropero, con esos tablones que crujían a cada paso? Muertos en vida. Sin un real.

Hizo bien. Por algo su padre consintió que se fuera lejos para estudiar cuando no había secundaria en el pueblo. Para que hiciera sus veces cuando ya no estuviera y ayudara a los hermanos, a la mamá. Y fue él, seguro que fue él, quien la impulsó a pedir auxilio a un tío en la costa, para terminar la media y entrar a la normal.

A las nueve de la mañana llegaron al cementerio para realizar la exhumación y el traslado de los restos. Enlutados, como la primera vez, sus hermanos recordaron que al viejo le gustaba ponerle apodos a los vecinos. Les estás enseñando a ser unos malcriados, renegaba la señora Matilda. Y el papá celebraba que sus hijos imitaran a la Coja Manuela bailando marinera. O a la Ciega Susana cantando en la plaza del brazo de algún borracho, contando chistes rojos y adivinanzas.

—Me voy a morir de risa, les prometió un día a la hora del almuerzo. Espléndido, dueño de su destino. Sin imaginar que en menos de un año estaría en el cementerio. Sin parientes ni plañideras. Por culpa de una epidemia.

—Tal vez no quieran verlo, los previno el sepulturero que había heredado el oficio de sus abuelos. La gente se emociona mucho. Luego tienen pesadillas con los muertos.

Pero ellos no hicieron caso. Los tres viejos querían estar ahí, a su lado, como el día que enterraron al papá Hildebrando. Con su traje de lana. Sus manos cruzadas sobre el pecho y un rosario entre los dedos. Leticia, que había faltado en la hora final, no tuvo nada qué pensar. No había hecho tremendo viaje para taparse los ojos y no verlo nunca más.

Al meter la pata de cabra por las ranuras laterales la tapa del cajón comenzó a despedazarse con un quejido espantoso. Nazario y Orestes se pusieron a rezar una plegaria conocida, y Martín agarró a

Leticia de la mano, como cuando eran niños y cruzaban juntos el río Maygasbamba.

Sólo entonces lo supo. Al ver la cara del sepulturero que removía los trozos de la tapa con pavor.

—Está enterito, sentenció, dejando que ellos pudieran verlo.

Era cierto que los cuerpos se momificaban en esos climas extremos. Y ciertos los ruidos que se escucharon la noche de su entierro. Los aullidos y las quejas y los llantos que salían de su nicho funerario.

No hubo marcha atrás.

Frente a ellos estaba el papá Hildebrando con las manos agarrotadas, tratando de abrir el cajón. Condenado por un mal diagnóstico médico. Las mandíbulas abiertas, despertándose de un coma diabético. Con esa mueca infernal que de pronto lo volvía a la vida. Dominando el páramo. Seco y muerto de risa.

Cuchara de palo

De la mujer altiva y bien plantada sobre la tierra ya no queda nada. Acostada en el centro de la cama, perdida para siempre en dos almohadones que intentan levantarla, la Señora Toya es una muñeca rota y lejana.

Hasta hace algunos años todavía llamaba la atención. Alta, de rostro seductor, pómulos pronunciados. Y unas caderas abundantes que delataban su origen cubano. Ahora es plomiza, un manojo de troncos secos. Tiene la mirada perdida en el espacio.

Es raro verla así y no en la cocina, meneando la olla con una inmensa cuchara de palo. Cantando que en Cuba dejó algo enterrado. La vida o el corazón. Agarrándose la cintura con la otra mano.

—Dile a tu madre que de ninguna manera. Cuando quieras comer estos tamales cubanos será de mi mano. Las recetas de mi familia son para mis hijas. No para cualquiera.

Sus zapatos de taco la elevan por los aires. Flota por encima de todo con esa bata que lleva sobre la ropa. Para abrigarse o no ensuciarse en la cocina. Azucena quisiera gritarle que también ella lleva su sangre, pero la vieja ya se lo ha dicho en otros momentos. Haciendo alarde, fumando un cigarro, tomando su café cargado en una tacita de porcelana. *Los hijos de mis hijas mis nietos son. Los de mis hijos a saber de quién son.*

Maldita. Si no fuera porque ella y sus hermanos necesitan los trapos viejos que la abuela les regala dos o tres veces al año. Ropa que dejan en casa sus nietos mayores. Con algún manchón de lejía. Desgastadas las mangas, con hoyos en los codos. O por la plata que les presta después de muchas súplicas, con un recibo firmado.

Quisiera correr por ese largo pasillo de losetas blancas y negras. Abrir la puerta de la cocina y huir como la perra que se escapa de casa cada vez que alguien se descuida. Lo intenta cuando su abuela vuelve el cuerpo hacia el caño para lavar algo, cuando se agacha para sacar del repostero un bulto de ajíes o pimientos. Maíz tierno. O en el instante en que fríe unos trozos de cerdo con un poco de sal, unos dientes de ajo. Y algo más.

No puede hacerlo. Es un peón en ese suelo de ajedrez y su abuela la reina del juego. Sólo con el olfato imagina los ingredientes secretos que mezcla en su paila de metal. Le tiene prohibido acercarse. Porque se puede quemar con el aceite o esa llama de tintes azules. Maldita sea. Debe esperarse a que le suelte la plata, guardarla en los zapatos y agredecerle el favor con todo respeto, después de limpiar.

—¿Sabe quién soy? En el trayecto de dos horas a la capital, Azucena ha ensayado esta pregunta, recordando humillaciones y desprecios de toda laya.

Los ojos le contestan con pavor. Le tiemblan las manos malogradas por la artritis. Busca algo de qué agarrarse. Las asas de la olla. Una cuchara. Un tenedor.

Su padre había tenido hijos por todas partes. Cuando aparecía por casa, borracho, exigiendo algo, le gustaba enumerarlos. Dos con la piurana. Tres con su esposa en Jesús María. Uno en Chosica, idéntico a él. Una niña con la hija del cura. Y el Siete Leches que le habían adjudicado en una casa de mal vivir. Más los tres hijos con la Martha, que no había conocido hombre antes de él, aunque su abuela los negara como una gracia. Feliz de ver a su nieta a punto de llorar.

Quisiera recriminarle que la hiciera menos. Que jamás la invitara a sentarse en el sillón. Sólo a una tonta como ella se le ocurre dejar el puesto de comida en manos de su ayudante para ver a la abuela en su lecho de muerte. Un ajuste de cuentas. Ponerse en paz.

—¿No me reconoce?

—No insista, por favor. Su voz sigue siendo la misma. Ronca. Rasposa. Agita las manos en el aire. Tose y vuelve a arrancar. No queremos muchacha. La última que tuvimos se llevó mis sartenes. Mis ollas alemanas. Dos candelabros. La gente sabe que tenemos cosas finas, reliquias de La Habana, y se meten a robar.

Aun decrépita conserva su aire de superioridad. Sólo porque en su casa comen moros y cristianos. Croquetas y pastelitos de guayaba, yuca con mojo y picadillo a la hora del almuerzo. No la quinua, el pulmón y las mollejas que Azucena prepara en su cocina ambulante.

—Soy su nieta, intenta decirle. Pero la vieja tuerce los labios con desprecio. Lo niega con la cabeza. La cholita que tiene enfrente la quiere engañar.

Menuda y redonda, chaposa, con sus dientes blancos y unas pecas oscuras en los labios, Azucena no encuentra una gota de ella en esa anciana que se pasaba la vida hablando de sus niñeces en Cuba, de los retratos que se hizo la familia en el estudio de Foto Modelo en La Habana, Calle Monte, número 83. Ella con su vestido de encajes y su hermano en traje de marinero. Nada que ver con las fotos chuscas de los limeños, con paisajes falsos, plumas y sombreros.

A través de la abuela, sus cuentos y esos retratos que desempolva cada vez que la visita, Azucena imagina que La Habana es mejor que Lima, con gente elegante caminando por un malecón de ensueño. Carros salidos de una película antigua. Domingos en una terraza soleada, bañada de brisa. Y boleros sentidos como esos que canta la Señora Toya cuando prepara la comida. De veinte años y dos gardenias y lágrimas negras.

97

Cuando sea grande voy a viajar a La Habana, piensa de regreso a casa, esquivando piedras y desechos, algún pedazo de vidrio o una cáscara en el suelo. Quiero ver esas calles elegantes. Sus barandas. Pasearme con mis tacos por el malecón. Con un vestigo largo. Llevar el pelo suelto.

A ese rinconcito acude sin que la abuela la desprecie. Y hasta lo usa como amenaza cuando su madre la deja al cuidado de sus hermanos, a cargo de la comida. En cuanto pueda agarro un avión y me largo a la isla.

—Eso de Cuba no es cierto, hija. Alcanzó a decirle su madre unos años antes de morir. Obligándola a aterrizar de emergencia. Tu abuela es una acomplejada. Se ha inventado ese cuento porque le da vergüenza su origen.

—¿Y las fotos, mamá?

—Serán de alguna revista. Como se casó con un abogado importante, dice que es de La Habana. Que a ella y a su hermano les cosieron las joyas de la familia en la ropa para mandarlos al exilio. Imagínate. Que les quitaron la casa y por eso vinieron a Lima.

—No seas mala, mamá...

—Yo sé lo que te digo. ¿Acaso habla como cubana? Cubanos son esos pobres que llegaron hace poco de su tierra y viven al amparo de la Cruz Roja. Esos que se metieron a la embajada y lloran en la tele porque no se acostumbran a estar en Lima.

—Es que era muy pequeña cuando vino.

—Eso dice porque le conviene. Quítale las elegancias que lleva encima y es una zamba de callejón.

La detestaba por haberla humillado desde que la vio embarazada. Por tener que agachar la cabeza frente a su puerta para pagar el alquiler de la casa. Los útiles escolares. Soplándose sus reproches.

Por eso en cuanto pudo mandó a la hija mayor. De ocho, nueve años.

—No quiero ir, mamá, le rogaba Azucena en el paradero del ómnibus. Me da vergüenza pedirle a esa señora.

—Hazlo por tus hermanos. ¿No ves la necesidad? Tu padre es un cero a la izquierda. Me tienes que ayudar.

La señora Toya la recibía de mala gana. Pero en la cocina se ablandaba con la nieta y le calentaba algún plato del día anterior. Potaje de garbanzos. Ropa vieja. Y unos tamales encantados que se desmoronaban en la lengua y daban brincos en el paladar. Con su puntito de grasa y trocitos de chancho, tiernos, sabrosos. Distintos a los que ofrecían a gritos las tamalares del centro.

—¿Quieres otro?

A la vieja le divierten sus cachetes colorados, sus trenzas renegridas, amarradas con un lazo. Que le hable de usted y la visite con traje escolar un sábado por la mañana. Duda que sea su nieta. Pero la cholita es acomedida. Le lava los platos. Barre bien. Hasta le baña a la perra en el jardín.

—Dice mi mamá que si me da la receta.

No era la madre sino ella la que quería hacerlos en casa. Envolverlos en sus pancas, oler el vapor de la olla en marcha, degustarlos lentamente. Uno tras otro. Al pie del fogón.

Sólo de acordarse le dan ganas de llorar. Por los tamales y esa casa con las fotos de sus hermanos y su papá. Que sacara pecho del nieto mayor porque estudiaba medicina. Que a Mariela, por sus quince años, le hubiera regalado su medallón de la Virgen de la Caridad. Y a ella ni un palo en las costillas.

—La abuela ya no se acuerda de nada, Azucena. Dice que la he raptado. Me pide que la lleve a su casa. A la Plaza Vieja. A dar una vuelta por el Paseo del Prado. Cree que vive en Cuba con su madre y su hermano.

La tía Lina tiene razón. Ha llegado tarde a pedirle cuentas.

—Te la encargo un par de horas, le indica con la mano en el umbral. No tengo con quién dejarla y ya no tenemos comida en la cocina.

La han llamado para eso. Para que sirva una vez más.

Podría decirle sus frescas. Agarrarla a palos o jalarle esos pelos amarillentos. Pero la observan los retratos de esos hombres y mujeres que tal vez son sus hermanos. Ya grandes. Con familia. Alrededor de una mesa. En el campo.

—Lo único que no le perdono, se atreve a decirle por fin, es que no me diera la receta de sus tamales cubanos.

Lo piensa en su puesto cada vez que le alaban su chanfainita, su mondonguito a la italiana. Cuando piden otro plato de tallarines con raspado de zanahoria, una causa. Si los peones se hacen lenguas con su menú del día, los tamales de la abuela volarían en el mercado.

—¿No te di la receta? le responde sorprendida, mientras ella espera como antes, con las manitas atrás. Gordas. Goteando de nervios.

El olor dulce de las hojas de maíz la ha perturbado toda la vida. Y esa masa de especias y medidas ocultas, hecha a fuego lento en la hornilla del medio. Con caldos arcanos. Una pizca de esto. Otro poco de aquello. Incluso cuando dejó de ir a verla a los quince o dieciséis. Porque estaba harta de sus ínfulas. Que la tratara como sirvienta.

Perdida en su propia neblina, la señora Toya agita las mandíbulas. Busca palabras secretas, intenta recordar. Se agita. Y de pronto tararea una canción que cantaba en la cocina. La de una niña y un árbol. Unidos por un nombre y una flor.

—Por algo será, le contesta con la voz de otros años. Agarra de nuevo la sartén por el mango. Y blandiendo el brazo derecho, seco como cuchara de palo, le pone otro poco de sal en la herida. Hay recetas, sentencia por última vez, que sólo son para esta familia.

Sunday Market

—La próxima que venga ya no me encuentra.

—¿Te vas, Anselmo?

—Ya se acabó la cosecha. Estos jitomates son los últimos de la temporada. Ya los que traigan después serán de invernadero. Y cada vez menos. No es lo mismo crecer con el calor del sol que en esas cámaras. Se ven bonitos aquellos. Rojos. Redonditos. Perfectos. Pero el sabor es otro. No están igual de buenos.

Es bajito y moreno. Debe tener los mismos años que yo. Se lo veo en la cara risueña, en el pelo abundante y sin canas. O en sus manos enormes, endurecidas por el pico y la pala.

—A mí sólo me traen de marzo a octubre. Son los meses en que hay más trabajo en el rancho. Llego justo para terminar de limpiar los campos. Los patrones lo dejan todo limpio en el invierno, pero vengo con otros dos para remover la tierra, abonarla, preparar los surcos, las regaderas. Es mucha chamba y termina uno cansado a eso de las cinco, pero hay que darle duro en la primavera para que se pongan hermosas las plantas.

Cuando las siembra uno parece que no fueran a lograrse. Si son de este tamañito. Apenas tienen unas cuantas hojitas y los tallos todos enclenques. A veces les pongo un palito, una ramita cualquiera, para ayudarlas a que se vayan hasta arriba. Parece que estás cuidando a tus chamacos allá afuera, se burla de mí un compa de estos que también viene a la siembra. Lo dice porque me ve sentado frente a las plantas, hablándoles, esperando que crezcan.

Pero ese es el secreto. Se va usted a reír también, pero yo soy del campo y nosotros así andamos platicando con las plantas y los animales. No es sólo darles agua y alimento. Hay que hacerles plática. Que sientan que anda uno al lado, paseando, cantando, pasándoles una mano por las hojas para que sigan creciendo. Son creencias, pero funcionan. Igual con los animales. Dice la patrona que cuando no estoy aquí ni las gallinas ponen. Qué van a poner. No es porque sea invierno, oiga, si les tienen su calefacción, sus luces arriba y abajo. Su comida que sale de un aparato. Como un hotel de cinco estrellas. Pero nadie las acompaña, ni hay quién les eche una cantada.

—¿De verdad les cantas?

Me gusta llegar a esta hora, cuando hay menos gente en el mercado. Los vendedores empiezan a recoger sus productos y Anselmo sigue esperando a que pasen los últimos clientes antes de guardar lo poco que queda en su puesto de verduras. Sus patrones le tienen confianza, saben que la gente lo quiere, y vienen a recogerlo cuando todo ha terminado.

—Pregúntele a la doña cuando venga. Después de trabajar, o a veces a mediodía, me voy al corral, les llevo su maíz, sus cebollas picadas para que no se me enfermen de moquillo y les echo unos corridos de mi tierra para que se pongan fuertes las canijas.

Así les cantaba yo a mis chamacos. Venía de trabajar en la milpa y me iba directo a buscarlos. A mi niña Ana María. A Ramón que ya empezaba a dar guerra en la escuela. Es lo que más lo aflige a uno por estos mundos. Los escuincles que se quedan allá como aves perdidas. Pero ya llevo doce años en este ir y venir y a Dios gracias que me divisaron a tiempo los patrones. Para traerme a trabajar.

Allá sacaba para comer. Para qué lo engaño. Nunca nos faltó una tortilla. Unos frijoles. Unos nopales guisados. Pero los niños crecen y uno no quiere que pasen carencias.

Cuando me ofreció el trabajo la señora de este rancho se lo agradecí de inmediato, pero rápido le dije que no podía abandonar a mi familia. Hazlo por ellos, me insistió. Para que les des una mejor vida. Te vienes con nosotros seis, siete meses, y te pasas el resto del año en tu casa. Yo no quería, le soy sincero. Nada de ganas tenía de venirme a este lado dejando allá a mis chamacos. Pero la que se encorajinó fue la Luisa. ¿Cómo no vas a aceptarlo si la doña te ofrece sacarte los papeles y pagarte el viaje? Ya quisieran otros que vinieran a tocarles la puerta para llevárselos al otro lado.

Y la verdad sí. Pero me apenaba dejarlos solos, aunque fuera por unos meses.

Cuando habla de ellos, Anselmo alza los ojos y busca sus rostros en alguna nube fugaz. En el viento.

Atiende alegre. A una viejita que chapurrea el español y le pregunta si le ha guardado los mejores pimientos y unos pepinos que sólo venden en su puesto. También a un americano al que sabe responderle en inglés, sugiriéndole estos *tomatoes, mister, very good. And these eggplants. Very nice. Very tender.* Lo buscan por atento. Porque sus productos son buenos. Sin saber que lleva una pena muy honda. Que se pone nostálgico cuando vengo a verlo.

—A todo se acostumbra uno, pero quiera que no los primeros días siempre duelen. No se crea que soy el único que anda tristeando en el campo. También los otros compas que andan ahí conmigo caminan agüitados, aunque se hagan los fuertes con la bebida en la mano.

Yo por eso me voy afuera con mis plantas. O me meto a alimentar a mis gallinas. Si me gasto lo que gano en comprar vino, ¿cómo arrejunto para mis chiquillos? Aparte allá no tengo chamba. Así que lo de estos seis meses o siete lo tengo que estirar para todo el año.

Aquí no gasto nada. Los trapos estos que llevo son los que me pongo diario. El almuerzo nos lo pichan los patrones. Y cenamos lo que sea. Una carnita asada. Unos frijoles. Unos elotes. O de perdida unas gorditas, unos tacos. Ahí cerquitas hay una señora que tiene su cenaduría para los peones. Ella nos cocina tres, cuatro veces por semana. Nos hace tamales, consomé, guisados de papa y flor de calabaza. Lleva su troquita a la puerta del rancho, saca una mesa de plástico y ahí nos sirve lo que alcanza. Se llama Imelda y nos trae bien chiquiados. A la pobre se le murió el hijo el año pasado y ahí anda ayudando a la yerna para mantener a los dos chamacos del difunto.

No agarre de esos. Llévese de estos maduritos para que se prepare su licuado. ¿Cómo le llama usted?

—Gazpacho.

—Viera que nunca me acuerdo del bendito nombre. Ayer le decía a mi esposa mañana lo voy a ver al señor Ernesto que siempre me pide los más buenos para hacerse un licuado de jitomates. ¿De puros jitomates? me pregunta sorprendida. No, le explico. También le pone pepinos, pimientos, aceite de olivos y hasta un diente de ajo, tú.

—Deberías preparárselo a tu señora ahora que regreses a casa.

—¿Cómo cree? Allá con eso guisamos el arroz. Les doy eso crudo y le apuesto que no se lo toman. Ahora que ya están crecidos no quieren nada. La niña cumple quince el mes entrante y sólo le preocupa hablar del local que hemos rentado para la fiesta. Y la comida. Y los amigos que va a invitar. Ya todo está apercibido. ¿No ve que yo les mando la lana para que adelanten los pagos?

Ahora último me salen las dos con que el trío que habíamos apalabrado va a quedar muy pobre en el galerón aquel. Que mejor una banda. ¿Usted cree? Que es lo que más se lleva en el pueblo.

¿Una banda? ¿Y con qué voy a pagar todo eso? Tu padre, le dije el jueves, trabaja en el campo, en la pisca del jitomate, cortando berenjenas, cosechando ejotes. No estoy de paseo en Nueva York. ¿De dónde voy a sacar para contratar una banda de diez o doce músicos, tú? Viera cómo se puso. Chille y chille por el teléfono que también yo pago. Berreando como si la estuvieran matando. Y lo peor es que la madre la apoya.

Al menos mi muchacho no me exige nada. Lo único que me ha pedido esta vez es que le lleve un iPad. Son unas chingaderitas de este tamaño pero viera cómo cuestan. Y más si se la pide con no sé cuánta memoria y el forrito para que el tiliche aquel no se rompa la madre.

No hay que darles todo en bandeja le digo a mi esposa, pero ella también se enterca. Aunque sabe que aquí no tengo ni un clavo, que duermo en un colchón cualquiera con toda la bola de migrantes, me han de guardar resentimiento por haberme venido tan lejos. Es lo que pienso en las noches que no duermo.

Es que no es natural, oiga. Yo aquí y ellos allá. Ni aunque sea por el dinero que gano para dárselo a ellos.

Seven dollars, mister. Yes, yes. Thank you very much. Anselmo me conversa pero no deja de trabajar. Tiene todo ordenado. El dinero en su lugar. Y sonríe. Saluda a los compradores del otro lado del mercado. Muestra el producto. Lo remata. *Two for one.*

—La mera verdad no sé si hice bien.

Cuando estoy allá camino como ánima en pena por todo el jacal. Ellos entran y salen. No comen con uno. Ramón ha de traer una novia porque se baña a jicarazos, se arregla la greña, se mira en el espejo y se pone sus perfúmenes antes de salir. Pero ni él me cuenta ni yo le pregunto. Ya es un hombre. ¿Qué ando yo de mitotero? Él sabrá lo que hace. Y al menos me responde bien con los estudios. Anita, en cambio, sólo sabe pedir. Para el vestido. Para el baile. Una computadora. Unos zapatos, papá. No seas codo, me dice. Como si me sobraran los pesos.

—Así son todos los chavales, Anselmo. Aquí y en todas partes. También los míos son unos majaderos.

—Puede ser, pero me sacan coraje. La niña anda de vaga, sin hacer nada en la casa. Yo a su edad ya andaba en la friega.

Mi señora no se crea que está ahí conmigo. Vende verduras en el mercado y ahí se la pasa desde que amanece hasta muy tarde. Al principio me iba a ayudarla. Si es el changarro que le puse con mi trabajo. Pero no nos entendemos. Ella tiene su modo de atender a los clientes y aquí ya ve cómo somos. Acomedidos. Serviciales. Hasta le ayudamos a la gente a acarrear su mandado. La Luisa es muy malgeniada. Muy calzonuda. Ingobernable.

Parece que comiste gallo, le digo cuando maltrata a la clientela. Y me mira con rabia. Es muy luchona, no le miento, pero tiene mal carácter. Igual que su madre que en paz descanse.

Por eso mejor me entretengo en la casa. El año pasado le agregué un cuartito más. Y ya sólo me falta ponerle el techo. Tengo allá un compadre que es albañil y a veces me lleva con él cuando tiene obras grandes. Es buena onda y vamos a michas con la paga del día. Pero no siempre me puede llevar y lo entiendo porque tampoco están los tiempos para andar haciendo la caridad.

Nos conocemos desde mayo que llegué aquí por el nuevo trabajo. A veces hablamos de las plantas. De las verduras que mejor han salido esta semana. De lo que traerá la próxima. O de las gallinas que cuida en una granja que imagino en medio de la nada. Otras veces nos quejamos de los hijos. O de las mujeres que exigen esto y aquello. O del gobierno republicano.

—¿Y ahora quién me va a hablar en español cuando venga al mercado? Te voy a echar de menos, Anselmo.

—Y yo a usted. Palabra. Allá está mi casa, mis hijos, mi señora. Pero son muchos años de andar aquí piscando jitomates, vendiéndolos en este mercado. Aquí mis clientes me quieren, me buscan. Me preguntan cómo me fue en la semana. *Good morning,*

Anselmo. How are you? You had a good week? Y yo platico con unos y con otros. En mi media lengua. Hasta que viene usted y hablamos en cristiano.

Allá en cambio me la paso mudo. Días sin hablar con nadie. Arreglando el techo. Poniendo una alambrada. Sembrando un arbolito en frente de la casa para encontrármelo muerto al año siguiente porque nadie le pone agua. Y cuento las horas como un condenado. Ya faltan dos meses, ya me quedan veintiocho días, pienso, para empezar el tránsito otra vez. Con mis garritas en la maleta. Rumbo al norte, como el Caballo Blanco.

Estoy como las aves que no hallan dónde hacer el nido. Aquí me la paso extrañando a mis polluelos y allá no veo las horas de volverme para el rancho de Sanford. Para estarme con las plantitas que acaban de nacer. Con las gallinas que se quedan tristes y dejan de poner.

La patria perdida

No los dejó en paz hasta conseguir que lo llevaran al pueblo. A medida que se iban alejando de la costa quedó atrás el frío húmedo. Y los montes al lado de la carretera comenzaron a verse distintos por el verde intenso de la serranía baja, a punto de recibir su primera nevada.

—Métete por aquí, señaló el viejo con la mano enfundada en un grueso mitón de lana.

—El mapa indica que es por esta carretera, papá, respondió de mala gana el hijo de cabellos ensortijados, sin desprender la vista del camino principal. Sólo a ti se te ocurre traernos en este frío del carajo a un pueblo fantasma para conversar con los muertos.

—Hazle caso, Manu, intercedió la hermana mayor. Le hace ilusión traernos por estos caminos.

El viejo, como solía hacer en los últimos tiempos, empezó con la cantaleta de que era un estorbo. Lo decía despacio. Ya no sirvo para nada, sólo doy la lata, mirando por la ventana con mucha tristeza. Hasta que caían en la trampa. No, papá. ¿Cómo dices eso? Y entonces volvía a reírse con ellos. Es lo que hay, sentenciaba con el rostro serio. Si ya se comieron la carne, ahora chupen el hueso. Siguieron la ruta a carcajadas, acordándose de otros viajes en el auto de papá. Sin aire acondicionado. Comiendo bocadillos caseros al lado de la carretera y parando en hoteles de medio pelo donde habían sido felices.

Dejaron de cantar el gastado repertorio de valses y boleros cuando aparecieron las terribles curvas al lado de unos precipicios. Nieves cerró los ojos, pensando que mejor hubiera sido ir en tren. Aunque ya no existiera la antigua estación y tuvieran que buscar a alguien que pudiera recogerlos a varios kilómetros del pueblo.

Para contener las náuseas rezó la oración de una beata con la que su madre combatía el mal, y se entretuvo recordando a los hombres que antaño hacían de taxistas durante las fiestas. Pensó en el tuerto Ramón, con el ojo bueno en la carretera y el malo pendiente del cielo. En el Tejero que había perdido los dedos de la mano derecha entre los rodillos de la mezcla y cambiaba las marchas con su amenazante muñón. O en el Tortugo, de cuya chepa acorazada salían dos brazos pequeños que padecían horrores al girar por las calles estrechas.

Faltando pocos kilómetros para llegar tomaron un nuevo desvío hacia la derecha. Se adentraron por un camino de tierra entre árboles frondosos. Bajaron del auto y sin decir una palabra caminaron unos cuantos pasos hasta llegar a la orilla del río. Manu hizo saltar tres piedras sobre la superficie y Nieves amenazó con echarlo al agua helada como cuando eran niños.

—Sabía que les gustaría volver a estos mundos, comentó alegre el viejo. Y al decirlo vio a su mujer en el agua, sonriente, con su bañador de una pieza y el pelo suelto.

—¿Te acuerdas de los gritos que daba mamá cada vez que se metía al río? ¿O cuando la corriente se llevó la olla de la abuela y ninguno pudo rescatarla?

Manu recordaba menos esas historias, pero las había oído tantas veces que ahora empezaba a colocarlas en su justo lugar. Las tardes lejanas en que el abuelo Antonio les cortaba el pelo en fila india. A ellos y a todos los primos y amigos que veraneaban en el pueblo. Las veladas donde no faltaban las fusiones culinarias, los vinos de uva

Bobal y el primo Carlos tocando en la guitarra el himno familiar con el que todos lloraban. Hasta los que no habían conocido al patriarca pero lo imaginaban cantándole a su novia *Mirando al mar*.

Dejaron de ir al pueblo cuando vendieron la finca de los Cuatro Caminos. Los hijos de todos preferían pasar sus veranos en alguna playa de arenas blancas y no en un pueblo de ocho calles retorcidas y tres bares, agonizando de calor a la hora de la siesta. Pero les gustaba recordar sus fiestas patronales, los concursos de migas en la Calle de la Iglesia. Sus verbenas y botellones. Un pueblo donde los hombres y mujeres heredaban los apodos familiares y se reconocían en las calles como Los Tontines o Los Potajes. Los Huérfanos y las Morralas. Donde uno siempre es de alguien. De los Torres. De Paquita y Manolo. O de la sorda peluquera que aun sin oír el tris tras de las tijeras sabía complacer a sus clientas.

Tenía treinta y tantos años la primera vez que llegó ahí de la mano de su mujer. Bonito negocio he hecho casándome contigo, le recordaba de vez en cuando. Me has traído a un pueblo enrobinado, habitado por gente que pelea a muerte por el turno en la carnicería. Donde el deporte local es jugar al dominó en el bar de los jubilados. O matar moscas antes de sentarnos a la mesa. Ana se reía de sus tonterías. En el fondo amas este pueblo más que ninguno de nosotros. Te gusta que te conozcan en los bares cuando llegas con tu guayabera y ese acento de telenovela.

Era cierto. Había salido de su país hacía tantos años que ya no tenía sentido volver. Todos habían emigrado durante la guerra. La casita alquilada en la avenida Santa Rosa se había convertido en un hostal de cinco pisos. Ya no tenía abuelos. Ni padres. Ni hermanos que fueran a recogerlo al aeropuerto. Nadie con quién tomarse un pisco.

El pueblo de Ana era otra cosa. Una patria de juguete, hecha con retazos de otras vidas y costumbres, donde podía jugar a tener un espacio. Como si ahí, a miles de kilómetros de su casa, hubieran estado esperando al Americano. Por eso bautizaron ahí a sus hijos y volvieron año tras año a barrer la chasca de los pinos. A podar las moreras y a plantar otra vez en los maceteros colgantes unas plantas agradecidas de flores diminutas. A llenar la piscina donde se bañaba la abuela con los nietos. Y a comer en la terraza, llevando las tazas y platos desde la cocina en una mesita con ruedas, llamada por todos "La Camarera".

Cuando pasaban los vecinos y encontraban a Ana y sus hermanas con los babis de estar por casa, limpiando ventanas, quitando cortinas o lavando sábanas, decían que a los abuelos les alegraría verlas ahí. En la casa que habían construido para la familia. Otra vez colocaban en la entrada el geranio de troncos indomables. Y dejaban las puertas abiertas, como acostumbraban los mayores, para que los vecinos entraran dando voces, sin tener que tocar la puerta.

—Ustedes descansen un poco, les avisó desde el umbral de la posada, sin esperar contestación. Se habían acomodado en la segunda planta. En una habitación doble con vistas al Mesón.

Al pasar por el restaurante de toda la vida se encontró con un tipo robusto de gestos amables. Lo saludó a gritos. Le dio el pésame por la muerte de Ana, aunque hubieran pasado cinco años desde que llevaron sus cenizas. Y lo invitó a que pasara con sus hijos.

Quiso entrar a la Iglesia para ver si encontraba a alguien rezando. Pero las puertas de madera maciza estaban cerradas y llenas de polvo, como si nadie hubiera pasado un plumero en muchos años.

Al lado, en lo que fue el cementerio viejo, tocaba el acordeón un anciano alegre. Llevaba el instrumento atado por la espalda. Y un letrero a los pies. *Para lo que me queda en el convento, me cago dentro.* Le hizo gracia la inscripción, pero fue inútil hablarle. El ciego desgranaba sus canciones sin prestarle atención.

—No me lo puedo creer, lo saludó una mujer de edad indescifrable al verlo entrar a su tienda. Era Estrella. Estaba sentada detrás del mostrador, en el mismo lugar donde solía acomodarse su padre a vender tabaco, periódicos y revistas de la farándula.

Se dieron un beso y un abrazo efusivo. Se acordaron de tiempos remotos en los que el establecimiento estaba a tope y ella cortaba la carne, despachaba las chuletas de cordero y le guardaba los corazones para que él los adobara con especias foráneas. Como en casa.

Se sentía feliz de estar con ella, aunque ya nada fuera igual. Si antes éramos seiscientos, ahora no llegamos ni a cien. Pero aquí me tienes. Al pie del cañón. Lloraron juntos por sus muertos. Se rieron por los que seguían aferrados a la vida y prometieron verse al día siguiente.

Giró a la izquierda por la Calle de la Amargura. Nada había cambiado. Sólo que en el horno de la esquina anunciaban la venta de poemas. Tal vez los que recitaba de memoria la vecina María Luisa en los cumpleaños y velorios. O los domingos después de misa. Pero no había nadie. El establecimiento estaba desolado, como el olmo de la plaza.

Siguió recto hacia las escuelas, cruzó la carretera y llegó al viejo chalet. Apoyado sobre la valla le pareció que todo seguía igual. O que podía volver a serlo si recortaran los arbustos crecidos, quitaran las hojas, regaran las plantas y conectaran la fuente del patio. A lo mejor puedo comprarla, pensó una vez más. Me traigo aquí a los chicos y volvemos a empezar.

—Papá, lo agarró Manu del brazo. Te hemos buscado por todo el pueblo y mira dónde estás.

—¿Te acuerdas hija de la casita que hizo el abuelo?

—Sí, papá.

—¿Y si la restauramos? Reforzamos las columnas. Cambiamos las puertas. La volvemos a pintar.

Se rieron como niños de las ocurrencias de papá. Nieves recordó el día del diluvio, cuando la tía Ginesa salió a rescatar sus bragas descoloridas del tendedero. Las tardes en que su madre y sus tías convertían la terraza en salón de belleza, poniéndose mascarillas de huevo y avena, quitándose las espinillas y dejándose peinar como muñecas. O de la madrina Alegría que los amenazaba con no volver. Porque no la dejaban fumar tranquila. Y por las noches le tenían prohibido tirar de la cadena. Para no despertar a la abuela.

—Yo sólo me acuerdo, por fin dijo Manu, de un niño al que ponían encima de la mesa y le pagaban por tirarse pedos.

—Sí, contestó ella. Divertida. Una moneda por los pedos normales y dos por los más sonoros.

Se rieron tanto que empezaron a llorar. Como cuando todos se subieron a bailar al escenario la noche de los disfraces. Y Pilar, meada de risa y vestida de pastora, barrió sus orines frente a la concurrencia.

Caminaron por la Calle del Obispo Torrijos y apuraron el paso para que no los sorprendiera la noche en la oscuridad. Hacía mucho frío. Estaba a punto de nevar.

—Deberíamos irnos, advirtió Manú. Si nieva no podremos salir de este infierno en varios días.

—Da igual, lo calmó la hermana. El viejo está feliz de que estemos acá. Cuando pase la nieve juntaremos sus cenizas con las de mamá.

Sirenas de tierra

Vas a pensar que estoy mal, pero me gusta venir aquí los días que no trabajo. Me compro un cafecito en la entrada y me paseo por esta sala, como si del Ferry fuera a salir algún amigo, alguien de mi familia, un conocido.

En la pescadería de los coreanos dicen que somos nostálgicos. Que llevamos años aquí y seguimos extrañando. Otra vez están con su musiquita, se ríe el dueño, cuando nos encuentra desescamando con la radio encendida, contándonos chistes que él no entiende, hablando de los platos que haríamos con los yuyos y langostinos recién traídos de la costa. Como si él no soñara con volver al puerto donde nació para pescar a sus anchas. El viejo se hace el duro con nosotros, pero se la pasa hablando del pescado de allá, de las rayas y moluscos de ese otro mar.

Mario dice que hay que echar raíces aquí en la isla, conseguirnos un par de ciudadanas.

—Te lo digo en serio, Luchito. Dos gringuitas que nos ayuden con los papeles a cambio de estos cuerpecitos que se están desperdiciando en Staten Island.

El gordo es un mate de risa. Extraña como yo, pero lo disfraza con alguna tontería. Fumando cada vez que puede. Filosofando con un trago encima.

—Míralo como una inversión, patita. Te quedas dos, tres años con la tipa y luego te traes a tu flaca, a tu hijita.

Yo también lo he pensado alguna vez, pero me desanimo cuando hablo con Cristina y me cuenta que Sandra está feliz con las cosas que le mando. Les ha dicho a sus amigas del jardín que en dos meses o cuatro me las traigo. Que tengo una casa enorme como un castillo, que se ve el agua por todas las ventanas. Y los puentes y los barcos.

Cristina sabe que alquilo una habitación en una casa sin vistas al puerto, pero no quiere desbaratarle sus sueños de cuatro años. Menos cuando se pasea por la cocina con su vestido de princesa y una corona de plástico. Pidiéndole que prepare los baúles para un largo viaje. Diciéndole con una varita mágica que los galeones están a punto de zarpar.

A veces cruzo al otro lado pensando que la llevo de la mano. Nos gusta estar afuera, sentir el viento frío y hablar de las sirenas que quieren vivir en la tierra. De los monstruos acuáticos y esa mujer enorme que surge de las aguas, coronada de rayos, alumbrando el mundo con su antorcha en alto.

La gente de aquí se muere por ir allá. Tengo amigos que esperan el fin de semana para pasar un día caminando por sus parques, metidos en el metro, visitando algún museo. Se llevan sus mantas, algo para picar, y se acuestan felices bajo un árbol, mirando los rascacielos, viendo a los vendedores ambulantes de la ciudad.

Yo voy de ida y vuelta. Me entretengo con alguna música callejera, viendo a la gente caminar. Como cualquier cosa en una esquina y vago por sus largas avenidas hasta que me vence la tristeza. De verlo todo solo y no estar con ellas.

—Tenés que quemar tus barcos, Lucho, me insiste una amiga salvadoreña cada vez que nos vemos. O te morís de la pena.

No me disgusta la Nelly con su pelito crespo y sus dientes de leche. Pero tampoco la quiero ilusionar. Aunque dice que lo haría sólo por darme la residencia, la veo que tiene ganas de algo más. Se me queda mirando, se muerde los labios y me sonríe. A ver si sellamos el pacto.

Me vuelvo al Ferry a toda carrera y siento que respiro cuando comienzo a andar cuesta arriba por las calles de la isla. Enfundado en el abrigo largo que me esconde las piernas. Con mi chalina de alpaca y un gorro del mismo color. Saludo al frutero de Pakistán, a los mexicanos que venden tamales y champurrado. A esos otros que arreglan autos más allá. Un leve gesto con la cabeza. Un decir aquí estoy. Ahí estás.

Cuando vengan voy a alquilar una de estas casitas para que Sandra se sienta orgullosa de mí. Que vea que valió la pena dejarla en la cuna para venir a trabajar. Le digo a Mario que él puede vivir abajo con su familia y nosotros arriba.

—Metidos todos como sardinas, me contesta él. Como esos veinte de Bangladesh que viven aquí al lado y comparten dos dormitorios, un solo baño y una cocina.

Tú por lo menos has venido con tu mujer. A la casa de unos parientes. Enseguida consigues algo. Busca en Port Richmond. O más adentro. En los restaurantes y mercados de los italianos. O en la construcción, donde pagan mejor.

A veces pienso que entran por ahí. Que me dan la sorpresa, sabiendo que vengo todos los jueves a darme una vuelta. Con los ojos fijos en el puerto, en el Ferry que se asoma como un buque de guerra. Cortando las aguas. Trayendo pasajeras que buscan a sus familiares a este lado de la puerta.

Vas a ver que pronto encuentras algo. Ten paciencia.

Sólo te aconsejo que no te metas a las pescaderías. El trabajo no es malo. Si tienes un buen jefe, como el coreano, al final del día te regala las cabezas, los pescados que se están varando en el mostrador. Para que te hagas un buen chilcano, un cebichito, tu buen chicharrón. Pero la sal se te pega al cuerpo. Las escamas. Las aletas. Y aunque te bañes y perfumes, siempre hueles a tristeza.

Es el mal de las sirenas que llevan muchas horas en la tierra.

Nota del autor

Varios de estos cuentos estuvieron en mi cajón por algunos años, hasta que encontré la forma de narrarlos. Me alegra que hayan llegado a buen puerto gracias a Asdrúbal Hernández, en Sudaquia. Recuerdo haber leído las primeras versiones de ciertos textos en compañía de José Ramón Ruisánchez, Oswaldo Zavala, Laura Liendo, Tamara Williams, Irma Cantú. A media luz. En la cocina o en la terraza de Chapel Hill. O en pijama, con Julia Medina y Corinne Pubill. Algunos relatos han pasado por el filtro del taller literario *Café Cortado*, en Carrboro, y otros los he leído con Maricruz Castro Ricalde y Roberto Domínguez en Toluca, con sus estudiantes. O con Nuestra Señora de Matosinhos, Alegría Beltrán, en una de nuestras veladas literarias en España o Portugal.

"El juicio final" se publicó en *Suburbano* el 11 de agosto del 2018, y en la misma revista salió "Señales de vida" el 12 de mayo del 2020. "Las azules horas" y "La otra vocación" encontraron su primer hogar en *Literal: Latin American Voices* el 12 de febrero y el 8 de agosto del 2018, respectivamente. "El reino de la verdad" apareció en *Hiedra Magazine* el 13 de diciembre del 2018. "Leche negra" se publicó primero en *Diálogo* 23.2 (2020), en el dossier "Cartografías de la violencia en discursividades heterogéneas contemporáneas", editado por Rocío Ferreira e Isabel A. Quintana. "Pena de muerte" vio la luz en *El BeiSMan* en noviembre del 2020. Y "Sirenas de tierra" (traducido al inglés como "Mermaids on Land" por Mary Oliver) apareció en el libro bilingüe *Staten Island, mi historia / Staten Island, my story*, editado por Rocío Uchofen, bajo el auspicio del New York City Department of Cultural Affairs (2020). Agradezco a los editores de estas publicaciones sus invitaciones, sus comentarios certeros, y el permitirme volver a estos cuentos para componer este volumen. Pienso, en primer lugar, en Rose Mary Salum, generosa como ninguna. Y también en Pedro Medina, Franky Piña, Mark Fitzsimmons, Gaëlle Le Calvez y Guillermo López-Prieto.

Siempre presentes, *aquí o allá*, están Lilly Wendorff, Etna Ávalos, Alejandra Márquez, Mireya Jamal, Jhonn Guerra Banda y Christian Elguera. Agradezco también el apoyo constante de Sara Poot Herrera, Carmen Alemany Bay, Cecilia Eudave, Pablo Brescia y Eva Valero Juan. Leer estos cuentos en algunos salones de clase ha sido también una experiencia enriquecedora y por eso estaré siempre en deuda con Alma Coefman, Eloísa Alcocer, Rey Andújar, Benito del Pliego, Luis Correa Díaz, Irene Gómez Castellano, Ricardo Vivancos, Ignacio Ruiz Pérez, Lucia Binotti y Juan Carlos González Espitia.

Gracias, de corazón, Cristina Rivera Garza y Pedro Ángel Palou, por sus agudas observaciones y generosidad infinita.

Mucho te debo, Luis, por regalarme tantas fotografías para varios de mis libros y revistas. Me encanta la que hemos escogido como portada para *Las guerras perdidas*, con las manos mágicas de Luis Ignacio. Te imagino ahí, en el ojo del huracán. Capturando luces y sombras en medio del desastre.

Gracias, madre, por leer mis borrones a la hora que sea, con mi Tata en Pleasant Hill, donde siempre me guardas un sitio en la mesa. Y gracias Cris por estar a mi lado en todas las versiones de estos cuentos. En las primeras, en las últimas. En casa. En los aviones, en los trenes. Siempre atenta a los pequeños detalles de cada cuento. Este libro es para nuestra pequeña Elena Alegría que vino al mundo para cambiarlo hasta el fin. Con su gracia inconfundible y sus vestidos largos. Muerta de su risa. Llena de historias y relatos.

Abecedario del estío — Liliana Lara

Ana no duerme y otros cuentos — Keila Vall de la Ville

Asesino en serio — Francisco García González

Barbie / Círculo croata — Slavko Zupcic

Blue Label / Etiqueta Azul — Eduardo Sánchez Rugeles

Breviario galante — Roberto Echeto

Caléndula — Kianny N. Antigua

Carlota podrida — Gustavo Espinosa

Colección de primeros recuerdos — María Dayana Fraile

Cuando éramos jóvenes — Francisco Díaz Klaassen

De la Catrina y de la flaca — Mayte López

Desde Alicia — Luis Barrera Linares

El amor en tres platos — Héctor Torres

El amor según — Sebastián Antezana

El azar y los héroes — Diego Fonseca

El bosque de los abedules — Enza García Arreaza

El espía de la lluvia— Jorge Aristizábal Gáfaro

El fin de la lectura — Andrés Neuman

El fuego de las multitudes — Alexis Iparraguirre

El inquilino — Guido Tamayo

El Inventario de las Naves — Alexis Iparraguirre

El síndrome de Berlín — Dany Salvatierra

El último día de mi reinado — Manuel Gerardo Sánchez

Enero es el mes más largo — Keila Vall de la Ville

Exceso de equipaje — María Ángeles Octavio

Experimento a un perfecto extraño — José Urriola

Florencio y los pajaritos de Angelina su mujer — Francisco Massiani

Fuera de lugar — Pablo Brescia

Goø y el amor — Claudia Apablaza

Happening — Gustavo Valle

Hermano ciervo — Juan Pablo Roncone

Hormigas en la lengua — Lena Yau

Intrucciones para ser feliz — María José Navia

Intriga en el Car Wash— Salvador Fleján

La apertura cubana — Alexis Romay

La casa del dragón — Israel Centeno

La fama, o es venérea, o no es fama — Armando Luigi Castañeda

La filial — Matías Celedón

Colección Sudaquia

La Marianne — Israel Centeno

La soga de los muertos — Antonio Díaz Oliva

Las bolsas de basura — Enrique Winter

Las islas — Carlos Yushimito

Las peripecias de Teofilus Jones — Fedosy Santaella

Los diarios ficticios de Martín Gómez — Jorge Luis Cáceres

Los jardines de Salomón — Liliana Lara

Mandamadre — Leopoldo Tablante

Más allá de un boleto — Pedro López Adorno

Médicos, taxistas, escritores — Slavko Zupcic

Moscow, Idaho — Esteban Mayorga

Música marciana — Álvaro Bisama

Nombres própios — Cristina Zabalaga

Nostalgia de escuchar tu risa loca — Carlos Wynter Melo

Punto de fuga — Juan Patricio Riveroll

Que la tierra te sea leve — Ricardo Sumalavia

¿Qué pensarán de nosotros en Japón? — Enrique Del Risco

Reflexiones de un cazador de hormigas — Diego S. Lombardi

Reverso — Enrique Jaramillo Levi

Colección Sudaquia

Sálvame, Joe Louis — Andrés Felipe Solano

Según pasan los años — Israel Centeno

Tempestades solares — Grettel J. Singer

Texarkana — Iván Parra García

Una isla— Isabel Velázquez

www.sudaquia.net